Nederlands
letterenfonds
dutch foundation
for literature

The publisher gratefully acknowledges the support of the Dutch Foundation for Literature.
感谢荷兰文学基金会对本书翻译项目和制作项目的赞助

小不点魔法师

〔荷〕安妮·M.G.施密特 / 著

〔荷〕菲利普·霍普曼 / 绘

蒋佳惠 / 译

人民文学出版社
PEOPLE'S LITERATURE PUBLISHING HOUSE

著作权合同登记　图字 01-2022-6397

Wiplala

Copyright text © 1957 by the Estate of Annie M.G. Schmidt.Copyright illustrations ©
2007 by Philip Hopman.Amsterdam, Em. Querido's Uitgeverij B.V.
Simplified Chinese translation rights © 2018 by Shanghai 99 Readers' Culture Co., Ltd.
ALL RIGHTS RESERVED

图书在版编目（CIP）数据

小不点魔法师 /（荷）安妮·M.G.施密特著 ；（荷）
菲利普·霍普曼绘 ；蒋佳惠译 . —— 北京 ：人民文学出
版社 ，2018（2023.1 重印）
（国际安徒生奖儿童小说）
ISBN 978-7-02-014172-2

Ⅰ . ①小… Ⅱ . ①安… ②菲… ③蒋… Ⅲ . ①儿童小
说 – 中篇小说 – 荷兰 – 现代 Ⅳ . ① I563.84

中国版本图书馆 CIP 数据核字 (2018) 第 086773 号

责任编辑　卜艳冰　汤　淼
装帧设计　李苗苗

出版发行　人民文学出版社
社　　址　北京市朝内大街 166 号
邮政编码　100705

印　　制　凸版艺彩（东莞）印刷有限公司
经　　销　全国新华书店等

字　　数　110 千字
开　　本　890 毫米 ×1240 毫米　1/32
印　　张　6.75
版　　次　2018 年 7 月北京第 1 版
印　　次　2023 年 1 月第 2 次印刷

书　　号　978-7-02-014172-2
定　　价　65.00 元

如有印装质量问题，请与本社图书销售中心调换。电话：010-65233595

目 录 ~~~~~~~~~~~~~

第一章	苍蝇抓到了一个东西	2
第二章	石头诗人	17
第三章	城市里的食物	33
第四章	叮当，叮当	44
第五章	房子太大了	57
第六章	阿特拉斯	68
第七章	皇宫里	82
第八章	姜汁面包	93
第九章	果篮	105
第十章	小洛洛	114
第十一章	医生	123
第十二章	小偷	134
第十三章	手表	144
第十四章	芬克医生来了	152
第十五章	幽灵	161
第十六章	浆果	172
第十七章	纪念仪式	182
第十八章	回家	193

这位是布罗姆先生

这个是妮拉·黛拉

这是约翰尼斯

这就是他们居住的房子。好好瞧瞧！对了，我差一点忘了：他们养了一只猫咪，猫咪的名字叫做苍蝇。往这儿看。

他们没有任何一只名叫猫咪的苍蝇，不过，这样更好。你觉得呢？这就是我目前想说的全部内容了。不过仅仅是目前哦！故事就这样开始了。

苍蝇抓到了一个东西

布罗姆先生正坐在书桌前敲打他的打字机。这是一台陈旧而又高大的打字机，一工作就会发出巨大的噪声。布罗姆先生是一位学者，他正忙着写一本书，书的名字叫《中世纪的政治冲突》。简单来说，这是一本非常高深的书。

此时正是春天，屋外下起了雨。所有人都待在家里。约翰尼斯和妮拉·黛拉正在剪报纸上的汽车，忙得不亦乐乎。被他们剪下的汽车全都是漂亮的新款车。他们一人拿着一把硕大的剪刀。炉子上的茶水正在嘶嘶作响，而雨水则敲打着窗户。猫咪苍蝇舔舐着自己的身体。一切都很平静。

"真希望能发生一些有意思的事。"妮拉·黛拉说，"我真希望我们能有一块飞毯，或者有一个人可以坐着飞碟从月球飞到我们面前！"

"安静！"布罗姆先生大喝一声，"你们打扰我工作了！"

"我只希望能得到一个冰淇淋。"约翰尼斯压低嗓门说，"还有就是我们能有一辆真正的汽车。"

"我们的生活真无趣。"妮拉·黛拉说，"几乎任何有意思的事都没有。"

"再给我倒一杯茶。"布罗姆先生说。

"你还没喝过茶呢，爸爸，"妮拉·黛拉说，"我正准备泡茶。"

"哦，这样啊，那就快泡吧。"

妮拉·黛拉准备用漂亮的蓝色茶壶泡茶。她打开柜子，拿出装茶叶的罐子。猫咪苍蝇把鼻子探进柜子里，嗅了嗅最下面的一格。

"怎么了，苍蝇？你是不是闻到老鼠的气味了？苍蝇！"

"喵。"苍蝇说。它是一只有问必答的猫咪，不仅通情达理，还很英明睿智。

"快出来，"妮拉·黛拉说，"你在最下面那格里找什么……什么……你又没有发现老鼠……苍蝇！"

妮拉·黛拉看见一个小东西从房间里窜了过去。苍蝇紧随其后，旋风般地沿着窗台跑过，最后消失在沙发后面——那是整个房间里最阴暗的角落。

"怎么了……她抓到老鼠了吗？"约翰尼斯问。

"是啊，一只老鼠，或是什么相似的东西。苍蝇，你到底抓到什么了？"

"什么事这么喧闹？"布罗姆先生说，"你们为什么吵吵闹闹的？我简直没法工作了。"

"苍蝇看到了一只老鼠之类的东西。"妮拉·黛拉一边说，一边试图看清楚沙发后面到底有什么东西。她听见了奇怪的响声，又听见苍蝇吹起的声音。随后，沙发后面传来一阵短暂的打斗声。接着，周围鸦雀无声。苍蝇坐在角落里，安安静静的，就像一座小小的猫咪雕塑。

　　妮拉·黛拉把手伸到沙发后面使劲地够。她真是一

个勇敢的女孩。"抓到了。"她说。她感到有东西在她手心里挣扎。约翰尼斯匆匆忙忙地跑到她跟前，看她究竟抓到了什么东西。可是那个东西一边挣扎，一边发出异常奇怪的声响。于是，她抓着那个东西，走到亮着灯光的桌子跟前，这才摊开了手掌。

妮拉·黛拉的手心里站着一个小人儿，真是前所未有的小人儿。这是一个奇怪的小个子家伙，他的头发又短又粗，眼神里充满敌意。穿着一条黑色裤子和一件小号军装上衣，脖子上围着一条羊毛围巾。他生气地看着妮拉·黛拉，眼神中流露出几分恐惧。他露出牙齿，眼神中满是绝望。

妮拉·黛拉和约翰尼斯目瞪口呆地盯着面前出现的奇迹，可是布罗姆先生却什么也没有察觉到。他继续着有关中世纪政治冲突的写作，不断敲打键盘。

"爸爸！"约翰尼斯喊道，"爸爸，快来看！"

"安静！"布罗姆先生喝止他，"我没法工作了。"

"可你必须看看这个，爸爸。"妮拉·黛拉说。她捏着小人儿的手攥得更紧了，以免他逃跑。

布罗姆先生看了看。"这是什么？"他没好气地问。看来，他还在为孩子们就这么一点小事打扰他而感到生气。"他是小精灵吗？这世界上根本就没有小精灵。所以他也不可能是小精灵。你们还是让我安心工作吧。"

"可是，爸爸，他就在这儿。"约翰尼斯说，"瞧，你看看。"

"你叫什么名字？"他问小不点，"你是什么人？你是什么人？"

小家伙什么也没有说。

"我们不会伤害你的。"妮拉·黛拉说，"你是一个小精灵吗？"

"我不是小精灵。"小人儿义愤填膺地说，"我是一个挥棒拉拉。"

"哦，"妮拉·黛拉说，"什么是挥棒拉拉？"

"就是我。"小家伙说，"我就是一个挥棒拉拉。"

"你是一个挥棒拉拉。"约翰尼斯说道，"那么你叫什么名字？"

"我叫挥棒拉拉。"小家伙说，"我不是已经告诉过你了吗？"

"这样啊。这么说来，你是一个挥棒拉拉，而且你的名字也叫挥棒拉拉？"

"是的。"

"你从哪儿来？"妮拉·黛拉问道，"不，别害怕。我把你放在这儿，就放在桌子上。小心点，别撞到茶壶了。"

"我的茶在哪儿？"布罗姆先生一边问，一边朝桌子这边看了看，"真该死，那个小精灵还在那儿？"

"他不是小精灵，爸爸。"约翰尼斯说，"他是一个挥棒拉拉，他的名字也叫挥棒拉拉。"

这下，布罗姆先生开始觉得不安了。他站起身，在挥棒拉拉面前弯下腰，"你从哪里来？到这里来做什么？"他冷冷地问道。

挥棒拉拉一屁股坐到桌子上。他用手捂住脸，哭了起来。"我被其他的挥棒拉拉赶出来了。"他抽泣起来。

"咳，"妮拉·黛拉说，"太不幸了。你被你的朋友们赶出来了？"

"是的。"挥棒拉拉哽咽着说。

"然后呢？"

"然后我钻过一个鼹鼠洞，那个洞非常非常深，之后，我就突然来到你们家柜子的最下面一格里。我在那里看见了一瓶花生酱，还舔……舔……舔了几口……"

"这就是把花生酱放在最下面一格的后果。"布罗姆先生说，"放在那儿，就会招来很多老鼠和小精灵。"

"我不是小精灵。"挥棒拉拉说，"我是一个挥棒拉拉。"

"好吧，你是一个挥棒拉拉。"布罗姆先生安抚他说，"那么你来这里是想做什么呢，挥棒拉拉先生？"

小家伙抬起泪眼婆娑的脸颊，看着面前的大个子人类。约翰尼斯说："快看苍蝇！它已经一动不动地在那个角落里站了半个小时了。苍蝇，你在做什么？快到这儿来，苍蝇！"

可是苍蝇没有咪咪叫，也没有喵喵叫。一声不吭，纹丝不动。挥棒拉拉的脸上露出几分内疚。

"苍蝇!"妮拉·黛拉一边惊慌失措地喊了起来,一边朝着猫咪跑去。她伸手触碰了猫咪,然后像触了电一般地把手缩了回来。"她……她……她变成了一只石头猫!"她大声地喊了起来。

一眨眼的工夫,约翰尼斯就冲到她的身旁,抱起了石头猫。"是啊,石头猫。它成了一只漂亮的黑白石头猫。"

布罗姆先生用手指捏着小个子挥棒拉拉,一脸严肃地盯着他。"你对那只猫做了什么?"他问。

"我把它叮当住了。"挥棒拉拉说。

"叮当?你对它施了魔法。"妮拉·黛拉说,"你把它变成了石头。"

"我们不管这个叫施魔法。"小人儿说,"要不是我把它叮当住了,它早就一口把我吞进肚子里了。是它先来招惹我的,它想用尖利的爪子挠我!我不得不叮当它!"

"你能不能行行好,这就把它叮当回来?"布罗姆先生说,"或者……"他用手指捏着这个小家伙。

"小心,小心,爸爸!"孩子们说。可是已经来不及了。挥棒拉拉迅速而又神奇地来回挥动双手,布罗姆先生被石化了。他的的确确被石化了。他变成了一个石头爸爸,就连胡子和衣服也都变成了石头。

"噢，噢，你做了什么，挥棒拉拉！"约翰尼斯和妮拉·黛拉喊了起来，"你对我们的爸爸做了什么？"

"我把他叮当了！"挥棒拉拉骄傲地说。

"噢，亲爱的挥棒拉拉，请你把他叮当回来吧，"孩子们说，"他是我们唯一的父亲，而且他是那么慈爱、聪慧。他十分努力地工作，每到夜里还会把我们送到床上，给我们讲故事。他还会带我们去阿提斯动物园！挥棒拉拉，你必须立刻把我们的爸爸叮当回来！"

"可是他想要伤害我。"挥棒拉拉颤抖着说。

"不会，不会，我们向你保证，他绝不会做任何伤害你的事。真的，我们敢打包票。噢，求求你了。"

挥棒拉拉再次挥动臂膀，挥得又怪又快，紧接着，布罗姆先生就动了起来。他的眼睛不再是石头眼睛了，他的手臂也不再是石头手臂了。他重新露出了笑容，大声地说道："我的茶在哪儿？"

"我这就去泡茶，爸爸。"妮拉·黛拉回答道。她的脸上闪耀着幸福的光芒。

"我想，我刚才睡着了。"布罗姆先生说，"真奇怪。是你干的吗，你这个令人作呕的小精灵？"

"对他客气一点哦，爸爸。"约翰尼斯说。

"他是一个小巫师。"妮拉·黛拉一边喊，一边把滚烫的热水倒进茶壶里，"他什么都会，他能把人和动物变成石头。你也喝杯茶吗，挥棒拉拉？"

挥棒拉拉依旧坐在桌子上。他伸出一根手指顶住脑袋，说道："真奇怪，噢，真奇怪，我做到了！"

"你做到什么了，挥棒拉拉？"

"我把猫咪叮当住了，又把那位先生也叮当住了。我还把那位先生叮当回来了。"

"是啊，"约翰尼斯说，"我们觉得你能干极了。"

"可我还是被其他的挥棒拉拉赶了出来，原因就是我不会叮当。"挥棒拉拉说，"他们说我是一个败类。我从来都做不到。我还参加了测试，可是同样没有成功。我根本就不会叮当。但是我现在突然做到了。"

"是啊，当然了。"妮拉·黛拉说，"只不过，你还得把我们的猫咪叮当回来，知道了吗？这一点你可千万不要忘记哦。"

"我不敢。"挥棒拉拉说，"它会把我吃掉的。"

"不会的，"布罗姆先生说，"我可以保证，它不会把你吃掉。只要让苍蝇明白，你是我们的朋友，那么它就不会吃掉你了。"

"我真的算是你们的朋友吗?"挥棒拉拉惊喜万分地问道。

"是啊,"约翰尼斯说,"你可以住在这儿,你可以在这里睡觉,还可以跟我们一起出门玩。你就留在我们家吃饭。不过你得先把苍蝇叮当回来。"

"那好吧,"挥棒拉拉说,"应你们所求。"他把手高高地举到空中,飞快地在猫咪的石头眼睛跟前来回舞动。

可是一点变化也没有。苍蝇仍旧是一块石头。

挥棒拉拉有些紧张,他又试了一次。可是面前的猫咪依旧是一个石头猫咪。他有力地挥动双手,十分紧张。他集中精力,连眼睛都突了出来,小巧的额头上渗出细微的汗珠。还是不行。猫咪依旧是石头猫咪。

"噢,"妮拉·黛拉哀叹道,"还是不行。"

"不行,我做不到。"挥棒拉拉绝望地说,"这下你相信了吧:我不会叮当。我只是有时候能够做到,但是这全凭运气。然后就又不行了。他们说得一点不错,我指的是其他的挥棒拉拉们。我就是一个败类。"

"咳,"布罗姆先生说,"真好啊。一只石头猫和一个不会叮当的挥棒拉拉。嗯,应该说是一个有时候会、有时候又不会叮当的挥棒拉拉。"布罗姆先生又生起气来。

"别发怒!"妮拉·黛拉和约翰尼斯异口同声地喊道，"他不是故意的，对不对？挥棒拉拉，你不是故意的对不对？也许你就是有点累了，也许你应该先睡一觉。你可以明天再把我们的猫咪叮当回来，好不好？"

"我想应该可以。"挥棒拉拉犹豫不决地说，"希望如此，我会努力试一试的。"

"来吧，我们去喝茶、吃面包。"妮拉·黛拉说着，跟约翰尼斯一起动手忙活起来。他们把餐具摆上桌子，准备起晚餐来。挥棒拉拉的娃娃椅就放在桌子上面。他还有了一张娃娃桌、一个娃娃盘子和一个塑料的娃娃杯子。他还分到了一片被切成了小小方块的面包和花生酱。他越来越觉得心满意足。高兴地唱起歌来。他唱道：

> 挥棒拉拉啊挥棒拉拉，
> 住在丛林里的大树上，
> 那里冬天炽热夏天凉。
> 芥末、盐巴、咖啡和白糖，
> 挥棒拉拉啊挥棒拉拉，
> 住在丛林里的大树上。

"真是一首奇怪的歌。"布罗姆先生说，"而且还是一首不合理的歌。冬天不可能炽热，夏天也不可能凉爽。你唱反了。"

"我们那里就是这样的。"挥棒拉拉说，"那里就是冬天炽热夏天凉爽。"

"哦，"布罗姆先生说，"这么说来，我可以推测，你们住在南半球。"

"我根本就没有住在哪个半球上。"挥棒拉拉说，"确切地说，我已经没有住的地方了。"他说着，又哭了起来，细小的泪珠落到了他小小的塑料杯子里。

"不要哭，挥棒拉拉。"妮拉·黛拉说，"到这儿来，我一会儿带你去你的床上。我们一起动手给你做一张舒适无比的床。你可以睡在我的娃娃摇篮里。我来帮你脱衣服。"

"我自己可以。"挥棒拉拉说。

"明天早饭过后，你就把猫咪叮当回来。"布罗姆先生说。

所有人都睡觉了。到了半夜，妮拉·黛拉醒了过来，一只小手拍打着她的脸蛋。

"怎么了？什么东西？"

"是我。"挥棒拉拉细小的嗓门发出声响，"我把猫咪叮当回来了。我睡不着，于是就想：等一等，再让我试一次。然后就成了！"

　　"哦，太好了。"妮拉·黛拉呼了一口气。

　　"可是他现在就坐在你的床前。"挥棒拉拉说，"我很怕它。"

　　"那就到这儿来吧，小挥棒拉拉。"妮拉·黛拉说。她把他装进自己睡衣的袖子里。挥棒拉拉躺在那里，这才静静地睡着了。

第二章
石头诗人

　　"到此为止！"布罗姆先生咆哮起来，"我再也忍受不了了！瞧瞧看啊。冰淇淋！冰淇淋加奶油！用它来代替好吃的胡萝卜土豆泥！"

　　妮拉·黛拉和约翰尼斯面面相觑。

　　"家里住着一个挥棒拉拉的日子该到头了！"布罗姆先生吼叫道，"最后再叮当一次，然后一切都该结束了！"

　　唉，他们就那么坐着。妮拉·黛拉原本做了胡萝卜土豆泥，还加上了洋葱和牛肉。可是等她把所有的菜全都端上桌时，约翰尼斯说道："我一点也不喜欢吃胡萝卜土豆泥，我想吃冰淇淋。"于是，淘气的挥棒拉拉就把整整一盘胡萝卜土豆泥变成了一大盘香草味的冰淇淋。这么一来，除了冰淇淋，就没有别的食物了。孩子们觉得这是无与伦比的美食，简直令人垂涎三尺。可是他们的爸爸一直埋头苦干，已经写了整整一天的书，他很饿，他很想吃一顿既美味又有营养的晚餐，而不仅仅是冰淇淋。"把它变回胡萝卜土豆泥。"布罗姆先生说，"快点儿。"

挥棒拉拉就像往日用餐时一样，坐在桌子上的娃娃椅上。他紧张地伸出手，在那一大盘冰淇淋上空摆来摆去。冰淇淋变成了绿色，然后又变得热呼呼的，冒出了热气。所有人都目不转睛地看着，闻着盘子里的气味。它变成了甘蓝菜。"这是胡萝卜土豆泥吗？"布罗姆先生喊了起来。

"不是，是甘蓝菜。"挥棒拉拉说，"它自己变成甘蓝菜了。您也看到了，我还不怎么会叮当呢。所以有时候变出来的东西并不是我所期望的。"

"嗯，"布罗姆先生说，"那好吧，我们就吃甘蓝菜吧，总比冰淇淋来得好。不过正如我已经跟你们说过的那样：从现在开始，再也不许叮当了。你可以继续住在这里，挥棒拉拉，我们会好好照顾你，但是请你别再变魔术了。我想我知道自己究竟需要什么。如果所有人都随随便便地叮当来叮当去，那么谁都不知道自己究竟需要什么了。明白了吗？"

挥棒拉拉的脸上露出羞愧的神情。他分到了一些甘蓝菜，然后所有人都一声不吭地吃了起来。美味的冰淇淋没有了。这时，门开了，门口站着他们的邻居——亚瑟·贾期。他是一位诗人。"你们好。"他快快不乐地说。

"你好，亚瑟。"布罗姆先生说，"你要跟我们一起吃一点甘蓝菜吗？"

"哦，好啊。"亚瑟·贾期说。他总是饿着肚子，因为他是一位诗人。他写了满满一百四十七本诗，可是没有人愿意读他的作品，也没有人愿意买他的书。所以，他又穷又饿。

"请坐吧，贾期先生。"妮拉·黛拉说，"我去拿一个盘子来。"

亚瑟·贾期坐了下来。"咦！"他说，"那是个什么东西？"他看着挥棒拉拉，不由得后退了几步，"那是……他是……"

"他是挥棒拉拉。"约翰尼斯说，"挥棒拉拉，这位是亚瑟·贾期先生。他是一位大诗人。"

妮拉·黛拉把一个盘子递到诗人的手上。他茫然无措地把盘子放在膝盖，看着挥棒拉拉。

"一个……一个……真正的小精灵。"他结结巴巴地说。

"我不是小精灵。"挥棒拉拉说，"我是一个……"

诗人根本不听他说什么。他的脸上闪现出幸福的光芒，说道："你是一个小精灵！我这一生一直想要看看真正的小精灵长什么样。还很想拥有一个！我要带你回家。我会把你塞进我的写字台里。你是我的小精灵。"说着，他伸出手。

"不要，不要！"挥棒拉拉大声尖叫起来，"不要，不要，我不要！"

"我带你回……"诗人继续说，可是突然，他的手僵住了，他的笑容僵住了，他的眼睛也僵住了。他呆呆地坐在凳子上，一只手里拿着盘子，另一只手伸向远处。他被石化了。他变成了一个石头诗人。

"噢，挥棒拉拉。"约翰尼斯说。

"亲爱的挥棒拉拉，"妮拉·黛拉说，"又得这样？"

"这是怎么一回事？"布罗姆先生嚷嚷道，"你是不是……真该死，我们刚刚不是说好了你再也不许叮当的吗？你怎么敢这么做？"

"他想要把我带走。"挥棒拉拉说，"他是一个可怕的人。我把他叮当住了。"

"他不是一个可怕的人。"妮拉·黛拉说，"他是一个非常友善的好人。他是一位诗人。你必须把他叮当回

来，挥棒拉拉。"

"那一定做不到了。"布罗姆先生恨恨地说，"你一定
没法把他叮当回来了吧？"

"我可以试试。"挥棒拉拉说。他试了试。他又一次
神秘莫测地摆弄起他的双手。可是并没有成功。

石头诗人就这样坐在甘蓝菜跟前，脸上残存着怪异
的石头微笑。

"我们就这样眼睁睁地看着。"布罗姆先生说,"面前放着这么个石头亚瑟·贾期。我们该拿他怎么办呢?"

"我们先接着吃饭吧。"妮拉·黛拉说,"过上一个小时一定就可以了。"

他们不言不语地吃着甘蓝菜。一整个下午,挥棒拉拉都忙着想把诗人变回原来那个活蹦乱跳的诗人。可是无论他怎么努力,就是没有用。这个人依旧是个石头人。

吃完饭后,布罗姆先生说:"我们把他搬到角落里去吧,他现在有点碍事。"

正当他们三个一同把可怜巴巴的石头诗人拖走时,贾期小姐从门口走了进来。她是诗人的妹妹,住在隔壁的房子里。

"亚瑟在这儿还好吗?"她问。这时,她看见了石像,不由地尖叫起来。"那是什么?他是……这到底是怎么一回事?"她焦急地喊了起来。

"亲爱的艾米莉亚,"布罗姆先生说,"不要担心,一切都会恢复正常的。真的一切都会好的。"

"可是他是……它是一座雕像!"艾米莉亚·贾期喊道。

"是的。"妮拉·黛拉和约翰尼斯说,"他变成了一块石头。"

"怎么会这样？"她厉声问道。

"咳，你看，我也不知道。"布罗姆先生说。他迅速地把挥棒拉拉塞进了口袋里，因为他可不想再把事情的来龙去脉讲一遍了。再说，他觉得还是别让艾米莉亚知道小精灵的事为妙。反正她也不会明白的。

"我想，他一定是被饿成这样的。"布罗姆先生说，"你没有给他足够的食物，艾米莉亚。所以他才会石化的。"

"因为没有……咳，"艾米莉亚倒抽一口气，"是啊，我们都在挨饿。我们两个全都骨瘦如柴。您真的认为这是他石化的原因吗？是因为被饿的？真是这样的吗？"

"绝对是。"布罗姆先生说，"我确信是这样的。"

"那么我该拿他怎么办呢？"艾米莉亚说。

"让他待在这儿吧。"布罗姆先生说，"反正他摆在这儿也不碍事，确切地说，应该是他待在这儿也不碍事，因为他就是呆呆的。"

"不行。"艾米莉亚坚决地说，"我要把他带走。我会把他放到客厅里。"

"你确定你要把他带走吗？"

"是的，非常确定。"她试图把她的石头哥哥抬起来。可是他太重了。他坐在同样被变成石头的凳子上纹丝不动。

"不许再胡闹了，挥棒拉拉。"布罗姆先生对着自己的口袋说。

"您说什么？"艾米莉亚问道。

"哦，没什么。我什么也没说。这样吧，如果你非要把他带走的话，我们可以帮你。快来，妮拉·黛拉，快来，约翰尼斯。我们把他抱起来。"

他们四个一同把诗人抱了起来，拖出大门。他差一点没能过去。这段旅程走得十分艰难，终于，他们还是来到了马路上。

好了，现在继续往前走。唉，唉，亚瑟·贾期变成石头后可真重啊！他们只要把他拖到隔壁的那幢房子里就行了，可是即使这样，他们依旧觉得路途很遥远。走到一半的时候，他们把他放在路上，休息一会儿。

"看哪，看哪，那是个什么东西，是雕像吗？"一个声音传了过来。

他们抬起头，原来是市长，他正在利用下午时间出门散步。

"一座雕像？"市长问道，"可我却毫不知情。好吧，好吧，我看出来了，这是我们的诗人。我们的诗人亚瑟·贾期。这可真是一件艺术品啊！简直跟他一模一样。

这是哪位雕刻家雕的？"

"呃，哦，是从外面请来的人。"布罗姆先生说。

"这是亚瑟本人。"艾米莉亚讲述起来，可是妮拉·黛拉和约翰尼斯大声地交谈起来，打断了她的话。

"真是一座漂亮的雕像，您说是不是？"他们说，"是啊，我们看到觉得非常开心。"

"应该把它放到这里的广场上。"市长说，"看哪，就放在这儿。您觉得怎么样？我会亲自为它揭幕。"

他微微一笑。说起来，市长非常喜欢揭幕。应该说，他最喜欢做的事就要数揭幕了。

"您去拿一块布来。"他对艾米莉亚说，"拿个大一点的床单来。"

艾米莉亚早已不知所措，只知道听从指令，于是，她从家里取来了一块布。

"很好。"市长说，"你们看，我们就把雕像放在这里。您能帮我一把吗？"

布罗姆先生和孩子们气喘吁吁地把雕像拖到指定地点。

"现在给它盖上布。"市长说，"我这就去广播通知，告诉大家今天晚上会在这里为我们著名的同乡和诗人——亚瑟·贾期先生举行一场雕像揭幕典礼。"

离七点只差五分了，整个广场上站满了人。人们热烈、兴奋地交谈着。"你说是谁的雕像来着？"一个男人问道。

"是诗人亚瑟·贾期的雕像。"

"我从来没听说过这个人。"一个男人说。

"哦，不过他是一位著名的诗人。非常著名。你从来没有读过他写的诗吗？噢，你真应该去读一读！实在太美了！"

"亚瑟·贾期，"人们小声地说，"总算有一座著名诗人亚瑟·贾期的雕像了。"

拥挤的人群中站着布罗姆先生和他的孩子们。挥棒拉拉则在他的口袋里。

"别扭来扭去的，挥棒拉拉，乖乖坐着别动。"

市长走到人群前面，踏上一个今天下午才搭成的小舞台。所有人都安静下来。"市民们，"市长庄严地说，"今天是一个特别的日子。我们的大诗人亚瑟·贾期的雕像要在今天揭幕。终于到了这一刻。毫无疑问，每一个人的床头柜里一定都摆放着这位大诗人的诗集。毫无疑问，您一定每天都在阅读他的诗。"

广场上熙熙攘攘的人群中发出嘀咕声："是啊，是啊……"

"现在我要揭开这块幕布。"市长说。

他猛地一下拉开了盖在雕像上的布。石头诗人亚瑟·贾期的雕像出现在大家面前，他一只手举着盘子，另一只手伸向远方。

"女士们、先生们、市民们，"市长说，"您可以看见那个空盘子。它象征着诗人们今时今日的社会地位。空盘子！饥饿、贫困、不被人理解！"

观众中，一些女士们忍不住默默地留下眼泪。艾米莉亚·贾期小姐更是大声抽泣起来。

"万岁，万岁！"人们喊道，"太棒了！真是一座壮观的雕刻品。"

"不过它还是不够像。"一位老先生说，"我是他的老相识了，因为我就住在街道的拐角处。这座雕像还不赖。不过它的鼻子雕得不够细致。亚瑟·贾期的鼻子比这个长多了。话说回来，真正的亚瑟·贾期到底在哪儿？您的哥哥在哪儿，小姐？"老先生问艾米莉亚。

"他……他出门旅行去了。"艾米莉亚·贾期结结巴巴地说。

这时，布罗姆先生口袋里的挥棒拉拉疯狂地扭动起来。

"怎么了？"布罗姆先生小声地说。他低下头，想要听清楚挥棒拉拉的回答。

"我相信我能把他叮当回来。"挥棒拉拉说。

"千万别那么干。"布罗姆先生说，"还是让他多当一会儿石头的好。就让他去吧。"

典礼结束了，所有人都回家了。就连布罗姆先生和他的孩子们以及挥棒拉拉也走了。他们路过书店时，约翰尼斯说道："快看那儿，好多人啊！"

上百号人围堵在书店门口。

"他们是想买亚瑟·贾期的诗集。"布罗姆先生嘟囔道，"他一夜之间成了一位十分出名的诗人。每个人都感到很羞愧，因为谁也没有读过他的作品。等着瞧吧，人们走出书店时，全都会捧着他的诗集。"

他说的不错。整整一个星期，书店里的人蜂拥而至，他们全都是来购买贾期的诗集的。橱窗里摆满了他的诗作。到处都在举办有关亚瑟·贾期的讲座，就连电台里也在播放关于亚瑟·贾期的节目。

所有报刊的记者全都来到诗人家门口，他们向艾米莉亚·贾期小姐询问："您的哥哥在哪儿？"

"他出门旅行了。"她明确地说。

"可是他到底去哪儿了？"记者们追问，"我们想要采访他！我们想要为他拍照。他应该出现在电视荧屏上！"

"很抱歉，"贾期小姐说，"他不在。"

于是，记者们带走了他的照片。他们在报纸上刊登了亚瑟·贾期年轻时的肖像，并且感到心满意足。过了一天左右的时间，艾米莉亚·贾期小姐来到布罗姆家。

妮拉·黛拉赶忙把挥棒拉拉塞进一个抽屉里。

"哟，哟，艾米莉亚，"布罗姆先生说，"你怎么样？"

"我觉得这一切糟糕透了。"艾米莉亚·贾期抽泣起来，"我可怜的哥哥变成了一座石头雕像，正在经受冰雹的摧残。"

"他感觉不到的，他已经变成石头了。"布罗姆先生安慰她说。

"是啊，可是我太想念他了。"艾米莉亚说，"难道我们什么都做不了吗？他是被饿得石化的，我每天都在想：要是这一切早一些来到，那么他就不用经受这样的痛苦了。"

"要是这一切早一些来到？"

"他书作的畅销。他所有的诗集全都重印了，我收到了很多很多钱。我可以想买多少食物就买多少食物。可是他又得到了什么呢？什么也没有，他变成了石头。"

"他很快就会活过来了。"妮拉·黛拉说，贾期小姐的话唤起了她的同情心，"请您相信我，他会活过来的。"

"为什么？你为什么会这么觉得？"艾米莉亚问。

"呃……我一直是这么觉得的。"妮拉·黛拉怯生生地说。

"也许您可以趁深夜无人的时候往他的盘子里放点东西。"布罗姆先生说,"如果我是您的话,我就会趁深夜时分往他的盘子里装满燕麦片或者荷兰豆。"

"为什么要装荷兰豆?"

"咳,荷兰豆也行,菊苣烧肉也行。我的意思就是,这个做法也许会有用。您别在白天的时候去,否则吃的东西会被别人拿走的。您应该夜里去。"

"我会的。"贾期小姐说。说完,她叹着气走了。

挥棒拉拉被放了出来。他一边从抽屉里爬出来,一边说:"要不要我试着把诗人叮当回来?现在?"

"要。"妮拉·黛拉说。

"是啊,要。"约翰尼斯说。

"不要。"布罗姆先生说,"说真的,孩子们,还是让他这样待一两个星期来得好。如今,所有人都在关注他,他的照片刊登在报纸上。他每天都在变得更出名、更富有。尽管这给他的妹妹带来了困扰,可是等他活过来的时候,她也会更高兴啊。"

"那倒是。"妮拉·黛拉说。

第三章

城市里的食物

每天，妮拉·黛拉都会挎着一个菜篮子走到雕像跟前。篮子上盖着一条毯子，毯子的下面装着挥棒拉拉。通常，他们会趁着天色比较昏暗、广场上路人稀少的时候才去。"来吧，"妮拉·黛拉小声地说，"我们到了，挥棒拉拉。尽全力试一试吧。"挥棒拉拉的小脑袋从篮子里探了出来，他用手紧紧抓住篮子的边缘。随后，他爬了出来，坐在篮子

的边上。他匆匆忙忙地朝四周张望了一下，确定周围没有人，这才一边咕咕哝哝，一边转动起手指来。这一切的目的在于把可怜的诗人贾期变回一个有血有肉的人。可是这一切每天都以失败告终。

"瞧见了吧，"挥棒拉拉苦不堪言，"我真的不会叮当。"

"可明明是你把他变成石头的啊！"妮拉·黛拉说，"你明明很能干啊！"

"是啊，"挥棒拉拉叹了一口气，"可是我必须把他变回去才行啊。要把这个人叮当回去可不是一件容易的事。你看看他是不是一丁点也没有动？"

"是的。"妮拉·黛拉说，"一丁点都没有。"

"太遗憾了。"挥棒拉拉说，"我做不到。我是一个废物。"说着，他抽泣起来。

"亲爱的挥棒拉拉，"妮拉·黛拉安慰他说，"不要哭。"她用手帕擦掉了他小小的泪花，然后把他小心翼翼地放回到篮子里，用毯子盖住。"总有一天会成功的。从你把他变成石头那一天算起，这才过了十四天。走吧，我们回家。"

"怎么样？"布罗姆先生问，"成功了吗？"

"没有。"挥棒拉拉一边从篮子里爬出来，一边说，

"又失败了。之所以其他的挥棒拉拉全都不愿意见到我并不是平白无故的。他们觉得我是一个白痴。"

原本在一旁玩汽车的约翰尼斯听到这里，走到他身旁，说道："你得多多练习，挥棒拉拉。你应该把房子里所有的东西都叮当一遍，看看成效如何。"

"千万不要！"布罗姆先生大惊失色地喊叫起来，"我一点也不喜欢你叮当来叮当去的，尤其不喜欢你把东西叮当了一半。你也看见了，贾期先生的事情有多糟糕。那个可怜的人变成了一座雕像，已经在广场上站了两个星期了。"

"可是您说过，这对他来说也是一桩好事。您总是说，他的书作因此销量大增，是不是，爸爸？"

"是啊，的确如此。可是他可怜的妹妹艾米莉亚已经悲痛欲绝了。"

"刚说到她，她就来了。"妮拉·黛拉小声地说，"挥棒拉拉，快躲开，别让她看见你。"

挥棒拉拉赶忙爬到了桌上的蓝色茶壶套下面。

"你好，艾米莉亚。"布罗姆先生说。"您好，艾米莉亚小姐。"孩子们齐声说。

艾米莉亚·贾期小姐的眼睛被揉得通红。显然，她哥哥的命运令她忧心忡忡。她坐在桌子跟前，叹了一口气。

"他还能变回一个正常人吗？"她问道，"我已经不抱希望了。他曾经是一个那么柔弱的人，可现在却变得那么坚硬。"

"怎么会坚硬呢？"约翰尼斯问。

"是啊，就是坚硬！他变成了石头，所以很坚硬。我每天早晨都会去看看他，把我的手放在他的膝盖上或是胳膊上。可我只能感受到他是多么硬邦邦、冷冰冰。每到那时，我就想：这不是我的哥哥。它也永远变不成我的哥哥了。"

所有人都无比同情艾米莉亚小姐。他们简直忍不住

想对她说：亲爱的艾米莉亚，不要担心，一定会成功的，不是今天就是明天。今天或者明天，我们的挥棒拉拉会突然把你的哥哥变回人类。可是他们不能那样说，因为他们不能让艾米莉亚看见挥棒拉拉。想想看，要是她看见挥棒拉拉会有什么样的反应？再想想看，要是让她知道是挥棒拉拉把她的哥哥变成这个样子的，她又会有什么样的反应？噢，天哪，她一定会对这个可怜的小伙子大发雷霆，说不定还会伤害他呢。不行，幸亏她什么也不知道。

"我只希望我自己也能变成石头。"艾米莉亚叹了一口气。

"你自己也变成一块石头？"布罗姆先生问，"可是，老天爷呀，这究竟是为什么呢，艾米莉亚？"

"那样，我就可以站在他的身旁。"她抽泣道。

"可是你现在也能做到啊。"

"是啊，但是坚持不了多久。没法永远陪着他！眼下，我总是独自一人走回家，然后独自一人吃光面包，再独自一人阅读报纸，还要独自一人听收音机，而且还是独自一人喝茶。如果我也变成石头了，那么我就可以一动不动地站在他的身旁——永远，永远，一百年，甚至更久，无论刮风下雨。不管怎样，我都会比现在过得幸福。

并且不那么孤单。噢，我要是能变成石头就好了。"艾米莉亚的眼泪从她的指尖渗出来，落到了桌子上。

约翰尼斯看了看茶壶套，发现挥棒拉拉半个身子露在外面。他知道，挥棒拉拉全都听见了，并且受到了深深的触动。他知道，挥棒拉拉正准备把艾米莉亚小姐叮当成石头，因为这是她心甘情愿的。

"不要这样，不要这样，"约翰尼斯着急忙慌地喊了起来，"待在那儿不要动！"

挥棒拉拉重新爬回到茶壶套底下，摆脱了危险。

"你在跟谁说话？"艾米莉亚小姐大吃一惊，问道。

"哦，呃……跟猫咪说。就是苍蝇。"约翰尼斯紧张不安地回答说。"可是猫咪在外面啊。"艾米莉亚小姐说，"我刚刚还看见它从门口的马路上走过。"

布罗姆先生出手相助。他把一只手搭在艾米莉亚·贾期小姐的肩膀上，说道："亲爱的邻居，我和你感同身受。在座的每一个人都相信，这一切只是暂时的。毫无疑问，用不了多久，你的哥哥一定会变回一个正常人，行走在城市的街道里。眼下，你很孤独，所以我们想要问问你：你愿意和我们一起到市中心去吃饭吗？人多才热闹。你也可以顺便转移一下注意力。"

艾米莉亚小姐摇了摇头。"您真的很热情，"她说，"我非常想跟你们一起去。可是我觉得我还是直接回家比较好。我可以坐在家里的窗户前，看着我可怜的石头哥哥。每当我吃饭的时候，我还能时不时地朝他点头致意。您知道吗，我今天晚上吃炖肉。他是多么喜欢这道菜啊，可是他从来也吃不到，因为我们那时候没有钱。现在我有钱了，就是因为他的书十分畅销，所以我买得起炖肉。可是他却吃不到了。"

她拿上大衣，走了出去，留下屋里所有人暗自伤感。

"我觉得她很可怜。"挥棒拉拉说，"也许还是把她叮当了比较好。至少，要是她变成石头了的话，她就可以站在他的身旁了。"

"你给我听好了。"布罗姆先生说，"只有我同意了，你才可以叮当人，听明白了吗？所以说，每当你想要叮当人的时候，你就先来询问我的意见。你能向我保证吗，挥棒拉拉？"

"能。"挥棒拉拉支支吾吾地说，"我很想保证，可是我不知道我是不是总能遵守我的承诺。因为，你知道的，爸爸，我不是一个普通的男孩子，而是一个挥棒拉拉。叮当早就已经深入我们的骨髓了。"

布罗姆先生脸上露出愉悦的神情，因为挥棒拉拉叫他"爸爸"了。他觉得这十分亲昵，也十分贴心，以至于他的心情一下子好了起来。

　　"这样吧，"他说，"孩子们，我有一个主意。我今天不工作了。我们到市中心吃饭去。艾米莉亚小姐不愿意去，那也没有关系，我们自己去。"

　　"万岁！"孩子们欢呼起来。

　　"我们下馆子去。"布罗姆先生说。

　　"那么挥棒拉拉呢？挥棒拉拉也可以一起去吗？"妮拉·黛拉问。

　　"当然了，不过得用背包装着。即使到了餐厅里，他也得待在包里。"

"待在包里？那样的话，他就什么也看不见了。"

"是啊，那也没有办法。"布罗姆先生说，"我们总不能带着一个这么小的小人儿进餐厅吧？那样的话，所有人都会盯着他看。说不定，他们还会把他从我们手里抢走，然后把他送进博物馆去。"

"我不愿意！"挥棒拉拉喊道。

"我有办法了。"妮拉·黛拉说，"我有一个包，那上面有一扇塑料窗。那是一扇很小却很有趣的窗户。你可以待在那个包里，那样你就可以看见外面的一切，又不让别人看见你。没有人会留意一个女士提包里装了什么东西。"她露出一副十分淑女的表情，这表情正适合去餐厅吃饭。

就这样，一个小时后，他们坐上了汽车。布罗姆先生穿着他笔挺的深蓝色西装，他的身旁坐着约翰尼斯，他穿着一件整洁的毛衣。旁边坐着的是妮拉·黛拉，她带着一个包——一个红色的亚麻布包，包的中间有一扇小塑料窗。窗户后面坐着挥棒拉拉，他正看着外面。他们在公园附近的车站下了车。

"诶，我们去那儿吃吧！"妮拉·黛拉指着公园旁边一家白色的大酒店说。酒店看上去简直就像皇宫那么大，那么漂亮，那么富丽堂皇！

"不行，那里太贵，太雄伟了。"布罗姆先生叹了一口气，"我可不敢进去。"

"可是我们几乎从来没到市中心吃过饭啊！既然这么难得，总能让我们到这样一幢漂亮的房子里去吃一顿吧？"

"我觉得这家太贵，太豪华了。"约翰尼斯说，"我也不敢进去。我们还是去薄饼之家吧。"

"上一回出门吃饭的时候是你挑的地方，挑的是你爱吃的东西。"妮拉·黛拉说，"你们答应过，这一次可以由我说了算。"

"是啊，确实是这样。"他们的爸爸说，"那就去吧。问问挥棒拉拉他觉得这地方怎么样。"

妮拉·黛拉打开手提包，问道："你觉得那家酒店怎么样，挥棒拉拉？"

"那里是不是住着女王？"挥棒拉拉瞠目结舌地问道。

"不是，那个不是皇宫。它只是一家酒店。我们想要到那里去吃饭，你觉得好吗？"

"非常好。"挥棒拉拉说。于是，妮拉·黛拉重新把手提包合上。他们一起来到了酒店门口。

第四章

叮当，叮当

他们沿着大理石的台阶走上去，通过一道旋转门，走进一个大厅。大厅里有金光灿灿的柱子和高大壮观的棕榈树。两名服务生身着一袭黑衣，微笑着向他们鞠躬。桌子跟前坐满了女士们和先生们。四处都充斥着香水和鸡肉的香味。乐队在餐厅的一角奏响梦幻般的华尔兹舞曲，巨大的白色钢琴上摆放着一个粉红色的大花瓶，花瓶里插着一束剑兰。

又一名服务生风驰电掣般地从角落里走了出来。他帮布罗姆先生脱下他的大衣，引着他来到一张桌子跟前，桌子上摆满了亮光闪闪的白色餐巾、水晶和银器。

"很棒吧?"妮拉·黛拉小声说，"听听那音乐! 看看那灯光!"

"我觉得这里整洁得让我浑身起鸡皮疙瘩。"约翰尼斯哼哼说，"我甚至不能把胳膊肘抬到桌面上，而且只能小声说话，连大声笑都不可以。"

"可是我们能吃到非常美味的食物。"布罗姆先生说，"你们想吃什么？你们可以先喝牛尾汤，然后吃鱼，最后再来一份冰淇淋。这样的安排还不错吧？服务生！"服务生走到他们面前，弯下腰。

"三份牛尾汤。"布罗姆先生说，"再来三份炸比目鱼和三份冰淇淋。外加苏打水。"

等汤被端上桌时，约翰尼斯小声地问道："挥棒拉拉该怎么吃呢？他可以坐在桌子上吗？"

"不行，绝对不行。"布罗姆先生说，"这真的不行。那样的话，所有人都会看到他，而我们也就会被搅得不得安宁。反正手提包就在桌子上，他能够看见外面的一切。把包打开，妮拉·黛拉。我们把汤送进包里喂他。你是不是带着一个小茶匙？太有先见之明了。"妮拉·黛拉用茶匙盛着汤，送进手提包里喂挥棒拉拉。一切都进行得有条不紊。

"我真的很想出去待一会儿。"挥棒拉拉说。

"这可不行。"布罗姆先生说，"你喝够汤了吗？我们得把手提包合上一会儿，因为服务生过来了。"

服务生举着一个巨大的银托盘，托盘上放着三盘偌大的鱼，周围用蔬菜和小土豆块点缀着。食物看上去是那么美味可口而又赏心悦目，音乐是如此欢快而又令人愉悦，餐厅里所有的人都在欢笑着、谈论着，兴高采烈而又纷纷扰扰。就连约翰尼斯也变得开心起来，不由地在座椅上上蹿下跳。

"给你一小块鱼，挥棒拉拉。"手提包被打开了，挥棒拉拉品尝了所有的食物。"你可别把手提包里面弄脏了哦，"妮拉·黛拉说，"仔细一点哦！"

用完正餐后，他们还吃了一份无与伦比的冰淇淋加水果和奶油。冰淇淋一半是绿色，一半是粉红色，里面还有一小块一小块的牛轧糖。挥棒拉拉被一粒坚果噎了一下，咳了整整一刻钟。幸亏服务生们丝毫没有察觉到。"好了，"布罗姆先生说，"我先结账，然后我们在市区逛一圈。服务生！"

服务生走了过来，再一次弯下腰。

"请帮我结账。"布罗姆先生说。

服务生急急忙忙地走了，不一会儿，他就拿着一个小银盘回来了。银盘上放着一张折好的纸，那就是账单。

布罗姆先生把纸打开。他的脸霎时变得惨白，喃喃自语道："这怎么可能！"

"什么怎么可能，爸爸？"约翰尼斯问。

"四十五块七角。"布罗姆先生惊慌失措地说，"简直了！我根本没有那么多钱。我只带了十块钱。"

服务生耐心地站在他们桌子旁等着。

妮拉·黛拉和约翰尼斯感到十分沮丧。太糟糕了！他们已经酒足饭饱，应该付钱了，可是爸爸却没有足够的钱。噢，太可怕了！

"我……我……只有十块钱。"爸爸对衣着光鲜的服务生说。

服务生原本弯着的腰直了起来。脸上的笑容也不见了。一瞬间，他像极了怒气冲冲的守林人。

"您明明可以在菜单上看见所有东西的价钱。"他冷冷地说。

"我没有注意价钱。"布罗姆先生说，"我忘了看一看这里的东西要多少钱了。我以为十块钱已经是一大笔钱了。"

"请您留在您的座位上不要动。"服务生说，"我去把经理叫来。"

"什么是经理?"等他走后，妮拉·黛拉问道。

"就是老板。"布罗姆先生说，"哎呀呀，孩子们，他已经来了。"

经理的脸上露出比服务生更凶狠的神色。他一脸严肃，眼神中还带着蔑视。"真荣幸啊!"他说，"这已经是今天的第二回了。"

"可是我才是第一回来到这里啊。"布罗姆先生说。

"是啊，可是今天中午有过一位先生，同样付不起钱。"经理说。

"那我可没有办法。"布罗姆先生说，"我很愿意回家去取钱。"

"这倒是可以。"经理高傲地说，"不过我得把您的孩子扣在这里。"

"可是……可是……我家里也没有钱。"布罗姆先生的脸涨得通红，"我总共只有十块钱。"

"那我就只能报警了，抱歉。"经理说，"这是我们坚决不能容许的行为。请您跟我过来一下。"

布罗姆先生和孩子们沮丧而又顺从地跟在他身后。他们被带到了一个私人办公室里。那是一个狭小的空间，里面摆放着钢制的椅子和一张小办公桌。他们坐在房间里，凶恶的酒店经理从外面把门上了锁，然后去通知警察。

妮拉·黛拉打开手提包，对挥棒拉拉说："是这样，我们没有钱付账，所以被锁起来了。等一会儿，警察就会来把我们带走，然后全都关到监狱里去。"

"哦，"挥棒拉拉说，"我会把警察叮当住的。"

"不行，"布罗姆先生坚定地说，"不行，挥棒拉拉，你绝对不能那么做。"

"可是我们会被关进监狱里。"约翰尼斯抽泣着说，"而我的年纪还这么小。"

"我们会坐一辈子牢的。"妮拉·黛拉哭了起来。

"不会的。"布罗姆先生说，"我相信不会那样的。可是，说不定我们的确会被带到警察局去。这都是我的错。"他伤心地继续说道，"为什么我不先问清楚，这顿饭究竟要多少钱呢？"

"这是我的错。"妮拉·黛拉说，"是我非要到这家可怕的酒店来吃饭的。你知道最糟糕的事是什么吗？说不定等警察来到时候，他们会检查我的手提包，然后他们就会发现挥棒拉拉了。"

"什么？什么？"挥棒拉拉在手提包里尖叫起来，"我不要！不能让他们找到我！让我出去。"

妮拉·黛拉把他从手提包里放了出来。"我会躲在那个抽屉里。"挥棒拉拉说，"就在办公桌的那个抽屉里。我不想让他们发现我。"

"要是我们也能躲进那个抽屉里就好了。"约翰尼斯郁郁寡欢地说，"真能那样就好了。等警察来的时候，他们就找不到我们了。"

"这可真是一个好主意。"挥棒拉拉说。

"你要做什么，挥棒拉拉？"布罗姆先生严厉地问道，"你该不会是想跟我们开玩 ……"他沉默了，因为他的身体里传出一种十分奇怪的感觉。他只觉得头晕目眩、天旋地转，周围的一切都变得巨大无比。椅子变得越来越大，越来越大。原本被他们坐在下面的办公桌变得像一个广场那么大，桌子上的圆珠笔筒直像帆船的桅杆那么大。台灯就像一幢房子那么大。布罗姆先生站起身，走动起来。他围着台灯绕起圈来。这时，他看见妮拉·黛拉和约翰尼斯走到他的身旁。眼下，约翰尼斯变得和挥棒拉拉一般大小，甚至他们四个全都一般大小了。他们四个全都成了小个头的小人儿，变成了巨大房间里的庞大办公桌上的小侏儒。

　　"喔，挥棒拉拉，这太好玩了！"妮拉·黛拉感叹道。

　　"挥棒拉拉，这太不可思议了！"布罗姆先生喊道。

"快点，快点，到抽屉里去！"挥棒拉拉说，"赶快进抽屉去。"

他们四个一个接一个地钻进一个半开着的抽屉里，然后躲在一个黑暗的角落里。他们刚藏好身，办公室的门就被打开了。经理带着警察走了进来。

"那几个骗子就在这儿。"经理说，可是他随即沉默了。"该死，他们凭空消失了！"他惊呼起来，"他们不见了！这怎么可能呢？我明明锁了门的！"

"从窗口爬出去了？"警察问，"不对，这不可能，这扇窗这么小，这么高，没有人能从这里逃出去的。"

"的确如此，"经理说，"他们肯定不是从窗口逃出去的。"

他忐忑不安地在办公室里来回踱步，一会儿看看椅子下面，一会儿看看办公桌后面，一会儿又看看办公桌下面，他简直怒不可遏。

抽屉里的这一小伙人待着一动不动，甚至连大气也不敢喘。

"咳，"警察说，"这就是您让我来这儿的目的？这一切一定都是您做梦梦到的。"

"做梦？"经理生气地嘶吼起来，"我百分百确定那家伙和他的孩子被关在了这里，就像我确定一加一等于二。他们一共吃了四十五块钱的东西，连账都没有付。"

"好吧，"警察说，"可是既然他们不在这儿，我就没法逮捕他们了。"

"的确如此。"经理让步说，"我实在是想不明白。也许是会计不小心把他们放跑了，您能跟我一起去找一下会计吗？"

他们走出门去。

"他们走了吗？"约翰尼斯小声地问，"走了的话我们就该找机会逃出去了。"

"我先出去。"挥棒拉拉说，"你们跟着我。"他从抽屉里钻出来，踩着办公桌上的大账单走过，然后沿着台灯上的电线滑到地上。

布罗姆先生嘟嘟囔囔地跟在他的身后，随后，妮拉·黛拉和约翰尼斯也安全地落到了地面上。

他们站在一起。四个小个子一同站在办公室的地面上。这时，挥棒拉拉说："快看，他们没有把门关上。我先去走廊里探探路。你们留在这儿。"当他回来的时候，他说道："跟我来，走廊里没有人，有一扇后门可以通到外面。"

他们跟在他的身后，小心翼翼、蹑手蹑脚地通过酒店昏暗的走廊。

"有人来了。"妮拉·黛拉说。

没错,一位服务生从走廊的另一头走了过来。他一只手托着一个托盘,上面装着满满一摞盘子,另一只手托着另一个托盘,上面摆着满满一盘玻璃杯。

"待着别动。"挥棒拉拉说,"过来,靠墙站。不要动。"他们全都站住,一动也不动。服务生差一点就从他们身旁走了过去,可就在这时,布罗姆先生突然想要打喷嚏。他试图忍住,却怎么也忍不住。

"阿嚏!"布罗姆先生打了一个喷嚏。这充其量只能算是一个娃娃喷嚏,因为布罗姆先生的个子还不如一只老鼠那么大。可是他的声音却非常响亮,连服务生都听见了。他停住脚步,朝着他们的方向望了过来。他的眼睛里露出惊恐万分的神情。

"快跑!"挥棒拉拉低声吼道,"往前跑,快跑!"他在走廊里狂奔起来,其他的人全都跟在他的身后。服务生的眼睛越瞪越大。他一惊,不由地往边上蹦了一下,手里的两个托盘全都落到了地上。盘子连带着剩下的鸡肉、冰淇淋一同掉到地上,发出巨大的声响,而玻璃碎片则溅满了整条走廊。几名服务生和客房女服务员从

不同的门后冲了过来，一边跑，一边喊："喂！怎么回事？乔治，你在做什么？"

"有怪物！"乔治哭诉道，"是老鼠，是穿着衣服直立行走的老鼠。可怕的巫术老鼠。快帮忙拦住它们！他们从那扇门后面逃出去了！快把它们拦住！"

"他有点不正常。"其他的服务生说，"乔治，你神经错乱了！"他们全都走向后门，张望了一下。门的后面是酒店的花园。可是布罗姆先生和他的孩子们以及挥棒拉拉早就消失在丁香花丛中了。他们穿过花园，走进公园，又穿越公园，走到了街道上。

幸亏天色已经暗了，他们可以小心翼翼地沿着人行道的边缘往前走，同时还不引起路人的注意。

"真好，真好，我们逃出来了！"挥棒拉拉唱了起来。

"是啊，真好。"布罗姆先生嘲讽地说，"我们现在算是什么东西？小侏儒！这让我怎么工作，怎么写书？我的个子变得这么小，甚至还不如一只青春期的青蛙那么大！"

"我们到家了。"妮拉·黛拉说，"快看哪，我们的房子变得好大呀，爸爸！"

"我们没法从正门进去。"约翰尼斯说，"怎么才能进去呢？"

"往后面绕，从猫洞里钻进去。"布罗姆先生说。

于是，他们就照他说的那么做了。

第五章

房子太大了

"总算到了,"布罗姆先生说,"就像老鼠钻进了一幢大房子。"

是啊,他们总算到了。所有人都到齐了:布罗姆先生、他的两个孩子,还有淘气的挥棒拉拉。正是他把所有人全都变得只有一根竖着的中指那么大。

原本正常的桌子在他们眼中变成了一张巨型桌子。他们坐在桌子下面的地上,苍蝇坐在他们的身旁。它也变成了一只巨型的猫咪,幸亏它一如既往地爱着他们,一边不断发出咕噜咕噜的声响,一边用头蹭他们。

妮拉·黛拉点燃几个小木块,支起了娃娃灶台。灶台上摆着一个锅,锅里炖着两个土豆——两个巨大的土豆。这就是他们的正餐,足够他们吃上一顿了。地上铺了一层帆布,帆布上放着从柜子里的拿来的大个头白面包和奶酪。这些全都是他们费尽艰辛才从柜子里拿出来的。约翰尼斯和挥棒拉拉一同爬进柜子里，连拉带拽地把面包从面包盒里弄出来，丢到地上，随后又丢来了奶酪。黄油只能留着不动。这玩意可没法往地上丢，否则就会把周围弄得脏兮兮的。

这成了真正的露营。约翰尼斯和妮拉·黛拉开心极了。离他们不远处的地板上铺着轨道，那是让约翰尼斯驶电动火车用的。他们依靠变压器，一连几个小时坐着货车一圈一圈地行驶。约翰尼斯当驾驶员，坐在驾驶室里。玩够了以后，他们又爬到猫咪身上骑大马。苍蝇玩得十分起劲，它在椅子和桌子之间蹦来蹦去，还驮着他们爬上窗帘。而妮拉·黛拉、约翰尼斯和挥棒拉拉则紧紧地抓住它的毛发，不住地尖叫、欢呼。是啊，大房子变成了一片欢腾的游乐场。他们可以随意地在钢琴底下玩捉迷藏，也可以飞快地从房间的一头跑到另外一头，还可以把端茶的

托盘和脚凳搭成一个奇妙的翘翘板，甚至可以爬到挂在墙上的购物袋里荡秋千。

布罗姆先生没有参与这些游戏。他必须工作，别忘了，他正在写书呢。每天早晨，他都会说："快来，我得试着工作一会儿。"然后，他用尽全力地沿着椅子腿往上爬，把自己撑到椅子上，然后抓住桌布的一角，沿着它爬上桌子。接着，他敲打起打字机。这一步进行得十分艰难。不消说，打字机对他而言就是一个庞然大物。他必须费尽千辛万苦，才能把一张纸卷进打字机里，然后开始打字。他在键盘之间来回穿梭、反复跳跃，这才能打出一个字来。可是，依靠着这种办法，刚打完两句话，他就已经累得半死，不得不躺到娃娃床上喘大气。

每天上午，他们都会一起去浴缸里游泳。他们要使出吃奶的力气才能打开水龙头，等浴缸里灌满水后，再度使出吃奶的力气把水龙头关上。他们四个欢天喜地地在浴缸里游来游去，大约一刻钟后，爬到岸上，挤在一条毛巾上打滚。

幸亏这幢房子里所有的门下面都有缝隙，无论哪个房间，他们都可以随意进出。如果他们愿意，他们还可以通过门上的猫洞爬到外面去。不过他们不太敢出门。

想想看，万一被人发现了该怎么办呢？别人会对他们做些什么？说不定他们会被陌生的老怪物带走，放到游乐园的看台上展出。噢，不行，那绝对不行，坚决不能让任何人看见他们。

有时候，孩子们会突然伤心起来。尤其是当他们由苍蝇背着跳到窗台上望着外面的时候，他们可以看见人们在街道上穿行。那些全都是大个子的人和大个子的小孩，简直就是巨人。

　　"我们从前也是那个样子的。"妮拉·黛拉说，"我们以前也是那么大。"

　　"你就不能把我们变回原来的样子吗，挥棒拉拉？"布罗姆先生问道。

　　挥棒拉拉紧张不安地啃着他的小指甲，怯生生地说："也许可以。我希望我能做得到。我知道，你们必须吞一个玩意儿，一种东西，是可以吃的那种，不过我不记得那玩意儿叫什么了。不过，说不定哪天我就想起来了。"

　　"那东西在药房可以买到吗？"约翰尼斯满怀希望地问。

　　"我不知道。"挥棒拉拉含混不清地说，"我不知道药房是个什么东西。"

　　约翰尼斯刚要为他解释药房的作用，妮拉·黛拉突然把手指竖到嘴唇前，喊道："嘘——快听！我听见声音了。"

　　他们全都竖起耳朵。布罗姆先生原本正在打字机上忙活，这会儿也停了下来，跷着一只脚，仔细地倾听。

　　"我听见钥匙被塞进正门里的声音。"约翰尼斯说，

"那会是谁呢？"

"哦，当然是丁曼斯太太了。今天不是星期五吗？丁曼斯太太要来打扫卫生了。她有家里的钥匙。"

"快躲起来！"布罗姆先生慌张地喊道，"别让她发现我们。快躲起来！"

妮拉·黛拉急急忙忙地张望了一下四周，想要找一个丁曼斯太太的吸尘器触碰不到的藏身处。他们听见她从走廊里走过。然后，她停下了脚步，把大衣挂到衣帽架上。接着，她唱起歌来。

"进袋子，快！"妮拉·黛拉喊道，"到购物袋里去。"

她匆匆忙忙地把布罗姆先生从桌子上扶起来。一眨眼的工夫，他们四个全都钻进了挂在墙上的购物袋里。他们前脚刚进袋子，丁曼斯太太后脚就把门打开，走了进来。她惊讶地环顾了一下四周，说道："咦，猫咪，只有你一个吗？家里没有人吗？"

"喵。"苍蝇说。

"这里可真乱啊！"丁曼斯太太说，"所有东西全都堆在地上。面包、奶酪，看看哪，还有娃娃灶台，它还在冒烟呢！"

"喵！"苍蝇说。

"好了，我这就把这里收拾干净。"丁曼斯太太一边说，一边把面包和奶酪放回了柜子里。

躲在购物袋里的约翰尼斯和妮拉·黛拉小声地交谈起来："我们还得重新把面包拿出来，丢到地上，多费劲啊！要不然我们还是出去吧！"

"不行。"布罗姆先生小声地制止他们，"绝对不可以。不能让她发现我们。"

"走了，"丁曼斯太太大声地自言自语，"我先把这些空了的牛奶瓶送回到送奶工那里去。"这下逃不了了。她拿起了购物袋。袋子的重量告诉她，这里面装着东西。她朝里面张望了一下，看看究竟装着什么。

她尖叫一声，把袋子丢到了地上。

"哎哟……哎哟哎哟哎哟……"袋子里的几位先后哀嚎起来。这可真是硬着陆啊。约翰尼斯哭了起来，妮拉·黛拉也不住地呻吟。

"噢，噢噢噢……"丁曼斯太太叹息道，"着魔了！这幢房子着魔了！我必须离开这里。"她抓住门把手，匆匆忙忙地想要离去。

"丁曼斯太太！"妮拉·黛拉喊道，"丁曼斯太太！"

"发生什么事了？"丁曼斯太太嘀咕道，"袋子里装

的是小精灵。它们还会说话！"

"我们不是小精灵。"约翰尼斯一边说，一边把脑袋露了出来，"好好看看我们。我是约翰尼斯，这是妮拉·黛拉。还有我们的父亲。"

布罗姆先生也把脑袋露了出来，一脸严肃地说："您好，丁曼斯太太。"

"可是……你们是小精灵！"丁曼斯太太紧张不安地生活，"那个又是谁？"她指了指挥棒拉拉。

"我会向您解释的，丁曼斯太太。"妮拉·黛拉说，"我们被施咒了。"

"是被叮当了。"挥棒拉拉说。

"好吧，被叮当了。他管这叫叮当，丁曼斯太太！

他是挥棒拉拉，是小精灵的一种。他住在我们家里。就在几天前，我们去了一家餐厅，却付不起钱，于是，他就把我们变成了现在这样的超级小个子，好让我们逃出来。您听明白了吗？"

"我只明白了这在我看

来是非常可怕的经历。"丁曼斯太太愤愤不平地说，"难道你们永远都只能这么小吗？"

"也许是吧。"布罗姆先生说，"可是别把这件事告诉别人，亲爱的丁曼斯太太。外面的人不会放过我们的。他们会把我们逮起来展览，借此收钱。我恳求您，不要告诉任何人。"

"噢，相信我，绝对不会。"丁曼斯太太说，"我会像蚂蚁一样沉默。你别担心，小家伙……哦，不好意思，应该叫布罗姆先生……我刚才把您叫成'小家伙'了，您千万别生气。这只是因为您的个子很小而已。"

"我没有生气。"布罗姆先生酸溜溜地说。

"我能为您做些什么呢？"丁曼斯太太问。

"您能帮我们去买些日用品回来吗？"妮拉·黛拉问，"我们需要一些娃娃叉子和娃娃勺子，还要一个娃娃饼干盒跟一把娃娃面包刀和娃娃黄油碟，还有……很多很多东西。"

到了晚上，等丁曼斯太太走了以后，他们四个一同坐在大桌子下面的小桌子跟前。他们手拿叉子和刀，得体地吃饭。他们有了全套的娃娃餐具，桌上摆满了美味佳肴。他们有生菜、水果拌奶油。一切都井井有条。整幢房子洁净得焕然一新，就如以往的每一个星期五一样。

"从现在开始，她每天都会来照看我们。"妮拉·黛拉说。

"是啊，"布罗姆先生说，"一切都会好起来的，只不过，她真的不会说出去吗？"

"也许她会告诉她的丈夫。"约翰尼斯说。

"哎呀呀，她丈夫会扭头告诉别的人，那样的话，我们还是很危险啊。我们该怎么办呢？"

"安静点儿，爸爸。"妮拉·黛拉说，"无论如何，我们今晚都可以躺在我们的新娃娃床上睡个好觉了。我们有四张床呢！"

"是啊，"布罗姆先生说，"不管怎么说，我们可以相依为命。无论发生什么，我们都要相互扶持。"

"你把我也算上了？"挥棒拉拉甜蜜又羞怯地问。

"把你也算上了，亲爱的挥棒拉拉。"妮拉·黛拉说，"你也是我们中的一员。要是我们能永远都像现在这样，这么弱小，这么微不足道，那么我们就会永远一起生活下去。我们四个可以一起过着幸福的生活。"

接着，他们躺在娃娃床单上，盖着娃娃被子睡觉了。

猫咪苍蝇守护着他们。

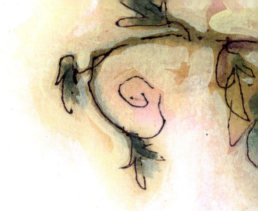

第六章
阿特拉斯

"什么声音？"妮拉·黛拉说，"这些吵吵闹闹的声音是从我们家的大门口传来的吗？"

"街道上到处都是人。"约翰尼斯爬上窗台喊道，"有几百个人呢！他们用手指着我们的房子。"

他们已经当了一个星期的小精灵了——布罗姆先生、约翰尼斯、妮拉·黛拉，当然了，还有挥棒拉拉。只不过，挥棒拉拉从来也没有当过大个子。他们成了住在自己的大房子里的小个子小精灵。他们的生活算不得惨淡，可是他们的确有一点孤独，因为除了家里的清洁女工外，这么久以来，他们还没跟其他任何人说过任何一句话呢。

"哎呀呀，我看见丁曼斯太太的丈夫了！一定是她把我们变成小人儿的事情告诉他了，所以才会突然来了这

么多人。我还看见市长了。还有一个警察！噢，爸爸，我害怕了，我们快点逃吧！"妮拉·黛拉说，"噢，我们快逃吧！"

"可是他们明明进不来啊！"

"能进来的，快听，他们进来了。全都来了。他们已经进来了！"

人们拥进走廊，嚷嚷声逐渐逼近，简直就是一阵令人毛骨悚然的响声。客厅的门就快被打开了。

"我们能躲到哪里去呢？哪里？不管我们躲到哪儿，肯定都会被他们找到的。他们一定会找遍柜子里面和家具下面，还有所有的角落和洞洞！噢，爸爸……"妮拉·黛拉慌乱不安地四处乱转，而布罗姆先生和约翰尼斯则被惊吓得浑身僵直，一动不动。

"我会把他们全部叮当住，把他们全部变成石头。"挥棒拉拉走到他们跟前，攥着小拳头说。

"不行，不能那样做，挥棒拉拉，别那么干。"布罗姆先生说，"我有一个主意。"他吃力地钻过通往厨房的小窗口。其余的人全都跟在他的身后。接着，他们又通过敞开的厨房窗户爬到了户外。"快到葡萄藤上去。"他小声说。所有人都跟着他，爬上了一根葡萄藤。他们躲在巨大的叶片之间，倾听着从房子里传来的吵杂的说话声和喧闹声。他们终于安全了。

"骗子！"他们听见一个人喊了起来，"世界上根本就没有小精灵！"

"是我妻子亲眼看见的。"他们听见丁曼斯先生的声音，"就算把这个房子掀个底朝天，我也一定要找到他们。"

约翰尼斯和妮拉·黛拉直打哆嗦。霎时间，他们怕极了人类。他们害怕的是非常、非常大的人类，因为他们自己已经变成了非常、非常小的人类。

"只要躲着他们，他们就永远也找不到我们。"布罗姆先生说，"他真是一个可恶的家伙，随随便便就闯进我们的家里来了。"

"救命啊……"妮拉·黛拉尖叫起来，"噢，救命啊……"

"安静点儿，孩子，你怎么了？"

"有蜘蛛！"妮拉·黛拉喘着粗气说，"有蜘蛛，它的个子就像一条狗那么大！"

一只巨大的蜘蛛正坐在离他们不远处的葡萄叶之间。它斜着眼睛看着他们，那副模样似乎是在思考面前这几个东西究竟味道如何。

"咳，它不会伤害我们的。"约翰尼斯用颤抖的嗓音回答说。

"不管怎么样，它都再也不能伤害我们了。"挥棒拉拉说，"你们看。"

他们仔细地瞅了瞅，蜘蛛变成了一只石头蜘蛛。挥棒拉拉把它叮当住了。妮拉·黛拉和约翰尼斯忍不住大声地笑了起来。

"可怜的蜘蛛啊，"约翰尼斯说，"等我们变回原来的样子后，你得把它叮当回来，挥棒拉拉。"

"等我们变回原来的样子。"布罗姆先生叹了一口气，

"我们还有可能变成普通人的样子吗？亲爱的挥棒拉拉，你真的想不起来那东西叫什么名字了吗？就是那个可以把我们变回普通人的东西。"

"我一刻不停地思考，想啊想，想啊想，"挥棒拉拉说，"可是怎么也想不起来。"他露出内疚的表情。就在这时，他突然用一种陌生的语言说了几个词。那是一种闻所未闻的语言，简直就像是鸽子在咕咕叫。

"你说什么，挥棒拉拉？"妮拉·黛拉问。可就在这时，她明白过来了，原来挥棒拉拉并不是在对他们说话。他在跟别的人交谈。她弯下腰，透过葡萄叶看了过去，想要看清楚他究竟在跟谁说话。原来他在跟一只鸽子说话。那是一只巨大的、肥胖的、友善的、慈母般的鸽子。

"挥棒拉拉在跟鸽子聊天。"妮拉·黛拉说。

"是啊，我听见了。"约翰尼斯说。

"这只鸽子愿意带我们离开这里。"挥棒拉拉匆忙说，"你们愿意跟它走吗？"

"去哪儿？"布罗姆先生问。

"什么地方都可以，去我们想去的任何地方。"挥棒拉拉说。

"我们跟它去吧，"约翰尼斯说，"爬到鸽子的背上！太刺激了！"

"不管怎么样，我们都不能继续留在这里了。"布罗姆先生说，"只要我们还是这么小，我就没法待在我自己的家里。"

挥棒拉拉不停地与鸽子交谈着。

"问问它，它能不能帮我们找一个可以藏身的地方。"布罗姆先生说，"那得是一个没有人类出没的地方。"

挥棒拉拉咕咕咕地说了几句话。鸽子咕咕咕地回答他。

"它说它知道一个非常安全的地方，那里什么人也没有。"

"那就走吧。那些人还在我们的房子里吗？"

他们侧着耳朵听了听，听见人们依旧在房子里喧闹不止，把所有东西翻了个乱七八糟。

赶紧的吧！鸽子坐在集雨桶上，他们则一个接一个，敏捷地从葡萄藤上爬下来，攀到了鸽子的背上。他们四个一起，稳稳地坐在同一只鸽子的背上。

挥棒拉拉坐在最后面。他的前面是妮拉·黛拉，再前面是约翰尼斯。坐在最前面、紧挨着鸽子脑袋的是布罗姆先生。他喃喃自语道："噢，噢，希望对它来说我们不是很重……"

鸽子展开翅膀，猛地飞上了天。他们一起在天空中飞过。他们紧紧地抓住鸽子后背上毛绒绒的羽毛，看着身后的花园离他们越来越远。他们看见了地面上自己家的房子，还有邻居的房子，他们还看见四周的街道。他们越来越头晕了。鸽子的翅膀发出有力的沙沙声。他们这才发现，原来它的翅膀是如此强健。

约翰尼斯心里想：要是我的小伙伴们能看见我的话，他们得多么崇拜我呀。想着，想着，他咯咯咯地偷笑起来。

"我们去哪儿？"布罗姆先生喊了起来，"它打算带我们去哪儿？"

"我不知道。"挥棒拉拉说。

"是市中心。"约翰尼斯喊叫起来，"你们看哪。"

他们从国立博物馆的上空飞过，看见运河在身后流动，随后又飞到了卡·弗街的上空。

"我们正朝着水坝广场的方向飞。"妮拉·黛拉喊道，"这个家伙要带我们去水坝广场。救命啊，它明明答应会带我们去一个没有人的地方的。"

不错，鸽子的确正朝着水坝广场飞去。它飞得很高，在纪念碑的上空盘旋了几圈，从新堤路上方横穿而过，随后，它绕到皇宫的背后。降落回了地面上，不偏不倚地落在皇宫里，确切地说，是在皇宫背面的一小块平坦的石头上，那块石头简直就像托盘一般平整。

"它说我们到了。"挥棒拉拉说。

"真的吗？"布罗姆先生说，"就是这儿？这可是皇宫的屋顶啊！这算什么意思？"

他们从鸽子的背上爬下来，站在屋顶上。

"问问它，难道就不能带我们去别的什么地方吗？"布罗姆先生说，"我站在这儿就觉得头晕。我得坐一会儿。"

"它说这里非常安全。"挥棒拉拉跟鸽子交谈了一阵后，宣称道。

"噢，天哪，它飞走了。"妮拉·黛拉喊了起来，"鸽子飞走了！"

"它还有很多事情要做。"挥棒拉拉说，"它的孩子们和它下的蛋已经够它忙的了。"

"可是我们要怎么办呢？我们可是在皇宫的顶部啊！周围到处都是石头。噢，快看哪，我们就站在阿特拉斯旁边！"

"这就是阿特拉斯?"约翰尼斯指着身旁巨大的石像问道。石像上的人背上背了一个巨大的球。

"他就是阿特拉斯。"他们的爸爸说,"阿特拉斯是希腊神话中的大力神,他用自己的双肩扛起了整个世界,是整个地球哦。瞧见了吧,那个就是地球。"

"咳,"妮拉·黛拉说,"他已经在这个地方待了很久吗?"

"已经有几个世纪了。"布罗姆先生说,"你要做什么,挥棒拉拉?"

挥棒拉拉正忙着摆弄自己的手。

"你该不会是想把他变成一块石头吧?他本来就是石头做的。"约翰尼斯说。

"他恰恰是要把他变成一个活生生的人。"妮拉·黛拉小声地说。令他们万分惊奇的是,石头做成的阿特拉斯真的动了起来。他深深地叹了一口气,然后把巨大的地球举过头顶,就好像要把它朝下面丢去似的。突然,他笑了起来,把地球放到了自己的光脚丫旁。

"你们就是小人儿吧?"他问道,"每当我往下面看时,总是能看见你们的同类。他们就在那里。"他伸出手,指了指地面。堡垒前大街上的汽车和电车正沿着街道缓缓前行，成百上千的人影在柏油路面上移动。

布罗姆先生目瞪口呆地看着面前正跟他们侃侃而谈的巨大的阿特拉斯，似乎他从来就不是一个石像，而是一个真人。他心里想：想象一下，如果下面的人突然抬头，看见这幅场景，会做何反应？要是被他们看见，阿特拉斯放下了肩上的地球，他们得有多惊讶啊！

可是没有人向上看。底下所有的人都忙忙碌碌的。他们全都沿着堡垒前大街匆忙行走。

"阿特拉斯先生，"约翰尼斯说，"您可以告诉我们，怎么才能离开这儿，走进皇宫里去吗？我很想到里面去。"

"到里面去……"阿特拉斯迟疑了一下，"这个嘛，你知道的，我已经在这里站了上百年的时光，可是我却从来都没有进去过。我挠个痒您不介意吧？我的后背已经痒了一百五十年了。"说着，他缓慢而又有力地挠了挠自己的后背。

"感觉怎么样？"等他挠完后，布罗姆先生问道。

"感觉好极了。"阿特拉斯说，"而且实在太必要了。哦，对了，您想到皇宫里面去。这个，让我想想，我知道有一扇小窗户。您跟我来……要不然我把您提起来吧！"他弯下腰，一只手提起妮拉·黛拉和约翰尼斯，另一只手提起布罗姆先生和挥棒拉拉，一脚跨过一个巨大的石头檐口。"到了。"他说，"这里有一扇半开着的窗户。要我把您提溜进去吗？"

"拜托了。"布罗姆先生说。

阿特拉斯把他们从窗口提溜进去，直到他们全都稳稳地站在窗台上。

"好了。"阿特拉斯说，"我很高兴能够帮到您。"

这时，他突然紧张起来，不住地说："哎呀呀，哎呀呀，我把我的地球放下太久了。我得重新把它扛到肩膀上，要不然的话，地球会毁灭的。"他迅速地蹦回到自己的位置上，抓起地球，把这个巨大的东西扛到肩膀上，一边呻吟，一边叹息。

"快把他变回石头人吧，挥棒拉拉。"布罗姆先生说，"快点，那样的话，他就感觉不到地球的重量了。"

挥棒拉拉照他说的做了。过了几秒钟，阿特拉斯便如同磐石一般静止不动了。

"唉，可怜的阿特拉斯。"妮拉·黛拉说，"他以为只要他不扛着那东西，地球就会毁灭！是啊，还不如变成石头人呢。"

"那只怪异的鸽子。"妮拉·黛拉叹了一口气，"皇宫……"

"不管怎么说，我们现在的确很安全。"布罗姆先生说，"也许我们没有吃的东西，可是至少我们可以安安静静地思考接下去要怎么办。"

"睡觉。"约翰尼斯说，"我们先睡觉吧，就睡在这张惬意的床上。"

"嗯，同意，"挥棒拉拉说，"睡醒了再说。"

他们四仰八叉地躺在床上。

遥远的地面上，就在堡垒前大街和市政厅路的交叉口，站着一个小女孩。她把手挡在眼睛上方，向上凝视着。然后，她跑开了，径直跑到正站在糕饼店门口张望的父亲身边。

"爸爸，"她说，"我看见皇宫顶上的那个雕像跑掉了，然后又回来了。"

"什么？"她的爸爸问，"哪个雕像？"

"就是那边那个。"她用手指了指。

"阿特拉斯？跑掉了？孩子啊，它可是一座石像啊。"

"是啊，可是我说的是真的。我亲眼看见他把球放下，然后挠了挠痒痒。之后，他走开了一会儿，不过又回来了。"

"宝贝，这是你做梦看见的。"爸爸说，"这是不可能的事情。"

"真的是这样的。"孩子说。

"好了，我们走吧，我们去买一个冰淇淋。"爸爸说。

可是这个孩子却因为爸爸不相信自己说的话，感到十分伤心。

第七章
皇宫里

"我这是在哪儿?"布罗姆先生问。

"在水坝广场上的皇宫里。"约翰尼斯说。

"我怎么到这儿来了?"布罗姆先生睡意未消地问。他刚刚才醒过来,这会儿正惊讶地看着四周。他看见一张非常大的床,他们全都躺在床上,可是他怎么也想不明白。

"听我说,"妮拉·黛拉说,"我们一起爬上了一只可爱的鸽子的脊背,然后被带到了这里,也就是皇宫。是阿特拉斯带我们进来的。你现在想起来了吗?"

"噢,是的。"布罗姆先生说,"真是恐怖的经历啊。"

"一点儿也不恐怖。"约翰尼斯说,"这太好玩了!我们还能见识一下这个世界呢。能变得这么小实在是太好了。我们可以随处躲藏，谁也抓不到我们。我们还能坐在小鸟的背上飞翔。坐在鸽子背上的旅途难道还不够愉快吗？"

"确实是，"布罗姆先生说，"可是我们现在要怎么办呢？皇宫这么大！我们怎么才能出去呢？还有，如果我们出去了，又要到哪里去呢？我们再也不能回到自己的房子里去了，那里太危险了。你们意识到了吗……"布罗姆先生的声音里透露出几分慌张，"你们意识到了吗，

我们已经变成可怜的流浪汉了。这个世界已经没有我们的容身之所了。我们已经背离了人类的世界。"

妮拉·黛拉和约翰尼斯惊恐地看着他们的父亲。

"为什么这么说，爸爸？"

"我们这辈子只能像难民一般，担惊受怕地生活了。"他们的爸爸说，"无论在哪儿，我们都要躲躲藏藏的。只要附近有人类出没，我们就有生命危险。一旦他们发现了我们，就会对我们做出各种各样恶毒的行为。"

"我们还是到外面去吧，"约翰尼斯说，"我的意思是，到很外面的地方去，一直到森林里。我们可以在那里找个洞穴住下。"

"然后被野兽吃掉。"布罗姆先生低吼了一声，"如今，我们的个子这么小，就算乌鸦也可以啄死我们，连猫头鹰也能把我们吃掉，黄鼠狼也可以咬死我们。"

"噢，不，"挥棒拉拉小声地说，"我坚决确保这一切都不会发生！我会把他们通通叮当住，任何一个野兽，只要想攻击我们，就难逃一劫。别害怕，爸爸。"

"也许我们可以再找到一只愿意带我们离开这里的鸽子。"妮拉·黛拉说，"到屋顶上去看看，那里有没有鸽子，挥棒拉拉。"

"我不是能认识所有的鸽子的。"挥棒拉拉说,"昨天的那只是我的朋友。"

"可是你不是能听懂鸽子说的话吗?你不是听得懂它们的语言吗?而且它们不是也听得懂你说的话吗?你不是可以跟每一只鸽子交流的吗?"

"那倒是,"挥棒拉拉说,"好啊,我再去找一只。"他灵巧地攀上窗框,然后爬到外面,来到屋顶上。

"我很饿。"约翰尼斯说,"这里看来是没有吃的吧?"

"是啊,这里当然没有。"妮拉·黛拉,"可我们必须吃点早饭。难道皇宫里一个人也没有吗?女王也不在这儿?"

"不在。"布罗姆先生说,"女王不在这儿。她很少到这里来。不过,这里一定会有管家。我觉得,甚至还不止一个呢。他们长期居住在这里。不过我一点声音也没有听见。你们呢?"

他们倾听着,周围寂静无声。突然,他们听见皇宫尖塔上钟琴奏响的声音。

"我回来了。"挥棒拉拉一边喊,一边从窗口爬了进来,"我被刚才的声音吓得半死,幸亏只是钟。"

"你跟鸽子交谈过了吗?"

"没有，那里只有一只麻雀，而且它不愿意。它说自己不够强壮，背不动我们四个。它还说，自己没兴趣当出租车。麻雀们总是不可一世的样子，就跟街上的小混混一样。"

"我们很饿。"约翰尼斯说，"你能给我们叮当来一些吃的东西吗，挥棒拉拉？"

"咦，对啊，试试吧，"妮拉·黛拉恳求道，"你看，角落里有一些小纸箱。你能把它们变成涂着黄油的面包吗？外加奶酪、鸡蛋、果酱、牛奶和苹果？"

"我尽力试试吧。"挥棒拉拉叹了一口气。他走到小纸箱跟前，它们只比火柴盒大一丁点儿。他闭上眼睛，又叹了一口气，嘀嘀咕咕地说了几句话，扭动手指，说道："变！"

"什么？挥棒拉拉，它们还是纸箱啊。等一等，不对，它们变成石头了。它们变成石头箱子了。挥棒拉拉，我们的美味佳肴去哪儿了？"妮拉·黛拉嗔怪地看着他。

"我做不到。"挥棒拉拉说着，露出绝望的表情，"你知道的，我有时候会叮当，有时候又不会。算了，今天又不行了。我今天什么也做不了了。"

"我们去皇宫里探一探吧。"布罗姆先生说，"当然了，得万分小心，只能踮着脚尖走路。说不定楼下有一个厨房。也许我们能在那里找到一些吃的。管家自己也得吃饭的嘛。"

他们全都从柔软的床上站起身来，落到地上。他们发现，房间的门被上了锁。

"真不错啊。"布罗姆先生喊了起来，"居然被锁起来了！"

"我们可以从底下的缝隙里钻出来。"挥棒拉拉说。

的确，门的下面有一条恰到好处的缝隙。他们趴在地上，努力地从缝隙里挤出去。

这可不是一件容易的事，缝隙很狭窄。不过，在一阵长呼短叹和捱捱挤挤之后，他们终于钻了出去。

"总算出来了。"妮拉·黛拉说，"幸亏这里有一条缝隙。我觉得，他们没有仔细打扫皇宫。我的衬衣被灰尘染得乌漆麻黑的。你们也都被弄脏了。喔，快看，有台阶！"

"下楼的时候小心一点，孩子们。"布罗姆先生说，"来吧，我们沿着扶手滑下去。这可比走楼梯方便多了。"

这简直太惬意了。他们沿着四级台阶旁的扶手滑了下去。约翰尼斯和妮拉·黛拉像离弦的弓箭一般飞快地往下滑，他们两个开心得大声欢呼起来。

"嘘，现在得安安静静地走路了。"布罗姆先生说，"我们在大厅里。"

"这里太壮观啦，"妮拉·黛拉说，"看这儿，全都是大理石做成的圆柱，天花板上还有油画！快看啊！"

"我不需要大理石，也不需要油画。"约翰尼斯怨声载道，"我只想要一个鸡蛋和三片面包！"

他们走过皇宫里一个又一个金碧辉煌的屋子。他们小心翼翼地挨着墙壁向前走，丝毫不敢冒险走到厅堂的中央。

"我想，这里就是会客大厅了。"布罗姆先生说，"我觉得这里精美绝伦，不过也肯定没有吃的东西。我们还是出去吧。"他们又来到另一个屋子里，那里摆满了雕像和油画。

这时，他们突然听见一声呼喊："喂！那是什么？"

他们被吓得六神无主，抬头一看，看见一个男人正朝着他们过来。这个男人穿着一件蓝色配铜纽扣的外套。他看上去像是一个体面的博物馆守卫。他们只看了他一眼，因为下一秒钟，他们便转过身，风驰电掣般地跑走了。挥棒拉拉跑在最前面，他如鳗鱼一般从门口钻了出去，其他人全都紧赶慢赶地跟在他的身后。他们听见守卫脚踩大理石，一步一步地向他们逼近。啪嗒，啪嗒，啪嗒，脚步声沉重而又密集。我的天哪，他们几乎连找一个藏身之所的时间都没有。挥棒拉拉最先看见一件挂着的大衣。这件男士大衣正搭在一个椅背上，大衣的口袋拖到了地面上，那个口袋向他们大开方便之门。挥棒拉拉敏捷地跳了进去，其他人也跟在他的身后，挨个儿蹦了进去。他们顺势滑到口袋的底部，那里充斥着一股烟草的气息。他们几个都在漆黑的口袋里，一动也不敢不动，只是无声无息地喘着粗气。

守卫追到了搭着大衣的椅背旁。难道他看见他们钻进去了？他会把大衣拿起来吗？他会不会把手伸进大衣口袋？没有，他们听见他独自一人嘟嘟囔囔的声音，然后又听见他把椅子搬开和四处搜寻的声音。显然，他是在寻找他们的踪迹。他寻遍了地面，却什么也没有找见，忍不住发起牢骚来。

"他肯定找不到我们！"挥棒拉拉小声地说。

"嘘！"布罗姆先生制止他。

这时，他们突然听见另一个声音，同样是一个男人的声音。"您在找东西吗？"那个声音问。

"不是，呃，也算是……"守卫吞吞吐吐地说，"我刚才在画廊里，突然看见了几个小动物一样的东西跑了过去。"

"小动物一样的东西？"

"是啊，我觉得也许是老鼠。不过他们跑起来的时候用的是后腿，而且还穿着衣服。"

"哈哈哈！"新来的男人仰面大笑起来，"先生，您应该放假休息几天了。穿着衣服的老鼠！嘻嘻！"他忍俊不禁，粗声粗气地笑了起来。显然，他以为这是一个幽默诙谐的笑话。"走吧，"他继续说，"活儿已经干完了。我把电路修好了，先生。我还检查了那条电线，换了一个新的开关。我的工具在哪儿？哦，在这儿。我先走了。再见了。"

"再见。"守卫说，"记得把账单寄给我，算在我名下就好，伙计。还有，你得带几盏吊灯过来。"

“包在我身上，我会送过来的。”另外那人说。大衣口袋里的那几个人已经明白了，这是一个刚刚检查完电灯的电工。

“要磨砂玻璃的吊灯。”守卫说，“他们是一种小精灵。”

“什么？”电工喊了起来，“您在说什么？”

“我在说那几个小动物似的东西。他们不是小动物，而是几个小矮人。”

电工又一次哈哈大笑起来，笑声荡气回肠。

“您真有两下子。”他说，“您住在一个偌大的皇宫里，而且还看见了小精灵！您真应该离开这里。在皇宫里住久了，会看见各式各样世界上不存在的东西。”

“是啊是啊，也许是吧。”守卫不耐烦地说。

“好吧，再见。”电工喊道，“噢，我差点儿把我的大衣忘了。”

口袋里的小家伙们感觉到自己连带着大衣突然被人拎了起来。

第八章

姜汁面包

大衣口袋里，布罗姆和妮拉·黛拉忐忑不安地拽住彼此的袖口。挥棒拉拉和约翰尼斯也紧紧地抓住对方。

这个电工在做什么？他正在外面的街道上走路。他们呼吸着户外的空气，听见汽车呼啸而过的声音，还听见交通警察的哨子声。突然，他们听见从自己的身体下面传来一阵可怕的噪声。这个男人坐上自己的摩托车，发动起来。接着，他们出发了，飞快地在阿姆斯特丹的街道上穿梭。隆隆的震动声发出巨大的噪声，他们感到自己颠簸得厉害。他们待在黑漆漆的口袋里，什么东西也看不见。

他会把他们带去哪儿呢？他会不会发现他们？下一秒钟，他就有可能把手伸进自己的大衣口袋里，到那时，他们就完蛋了。布罗姆先生发现，自己的一侧有一包香烟，另一侧有一盒火柴。不消说，这个男人迟早会想点一根烟。到时候，他一定会把手伸进口袋里的。

"我们得把香烟和火柴盒举过头顶。"布罗姆先生大声喊叫。他现在可以毫无顾忌地喊叫，因为无论他发出多大的声响，都会被发动机的轰鸣声掩盖。

他们齐心协力，把香烟和火柴盒高高举起，自己则躲在下面。摩托车每震动一下，这两个盒子就会"砰"的一下撞到他们的脑袋上，这种感觉实在是糟透了。

他们猜的没错，电工的手真的伸到口袋里来了。只不过，他抓起香烟和火柴，没有继续伸进口袋的更深处。

他们四个全都松了一口气。

约翰尼斯心里想：我一直想要坐一回摩托车。可是我做梦也不会想到，会以这样的方式达成这个心愿。居然是被装在一个电工的口袋里坐上的摩托车。

摩托车停了下来。电工把车停好，走进一幢房子里。这一定是一家商店。因为他开门的一刹那，他们听见了门口的铃铛声。

一个女人的声音传来："哟，你总算来啦？我们三天前就已经报修了。我们的电线短路了，可是我们不知道是由什么引起的。你为什么不早一点来？"

"是啊，太忙了。"电工说，"您也看见了，太太，我们人手不够。您还是先带我看看是哪里出问题了吧。"

他脱下大衣，把它丢在地上。

"跟我来吧，"女人的声音再一次响起，"在这里，往这儿走。"

他们离开店铺，朝着后面的一个屋子走去。约翰尼斯小心翼翼地把脑袋从口袋里露出来，仔细地环顾了一下四周。这里到处都充满了奶酪和香草糕点的香味，除此之外，还有烟熏鳗鱼和橙子的味道。

"出来吧，这里没有人。"他说，"这会儿时间还早，商店里一个顾客也没有。商店的女店主带着电工去了客厅，离这里很远。"

其余的人也挨个儿从口袋里爬了出来，四下张望。

"是一家食品杂货店。"布罗姆先生说。

"是水果店！"妮拉·黛拉说。

"是水产店！"挥棒拉拉说。

"全部都是。"约翰尼斯说。他说得一点儿没错，这是一家摆满了精致食品的商店，人们可以在这里买到各种各样的美味佳肴。

"我们可以吃早餐了。"妮拉·黛拉喊道，"你们想吃点什么？奶酪？还是香肠？或者，喔，这里的食物好多啊，而且全都闻起来香喷喷的！"

"可是我们不能偷东西啊。"布罗姆先生说，"只是，我们饿得厉害，而且我们的个头非常非常小。我们的肚子才这么一丁点大。我想，我们可以想吃什么吃什么，不过仅此一次。"

妮拉·黛拉扑向一个巨大的黄色李子。挥棒拉拉吃起了葡萄干，约翰尼斯拿起一袋奶酪，而布罗姆先生却还在挣扎。他没有开吃，而是继续侃侃而谈："是这样，我觉得到商店里偷东西吃实在太丢人了。这是绝对不可以的，不过我可以以后对此作出解释。以后再说，等我

们变回了正常的大个子人类，我就会回来解释清楚这一切。"

"快吃点东西吧，爸爸。"妮拉·黛拉喊了起来，"你看哪，我正在吃猪肝片呢。"

"我找到饼干了！"约翰尼斯嚷嚷起来。

"等我们变回大个子后，"布罗姆先生继续说，"我们会回到这家店来，偿还我们今天吃掉的所有东西。我现在当然没有钱。等一等，我口袋里的十块钱应该还在。"布罗姆先生摸了摸背心里的口袋，掏出了一张非常小的钱包，然后从钱包里拿出一张非常小的纸币。纸币的面额是十块钱。"太小了。"他喃喃自语，"他们甚至看不清

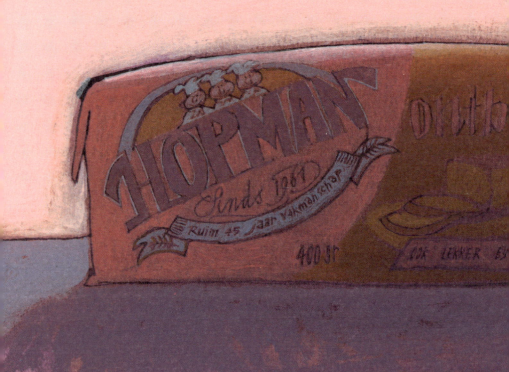

楚这是个什么东西。这甚至比一张邮票还要小很多倍。不行，我还是把它装进口袋里吧。"

"爸爸，爸爸，快吃啊。"妮拉·黛拉喊道，"他们一会儿就要回到店里来了。"

布罗姆先生扫视着面前的美味佳肴。这里摆放着咸菜坛子、鲱鱼罐头、杏仁、蜜饯、桃子、虾、饼干、腌鲱鱼卷、杏仁饼、柠檬汽水，还有……他简直看得眼花缭乱。对他们这样的小个子人类来说，面前的食物实在是又大又多。

"有人来了，快，快!"约翰尼斯喊了起来，"快逃，去那儿，躲到柜台后面的壁橱里去!"

"这儿。"妮拉·黛拉喊道。他们跟着她，爬进壁橱最下层一个被塞得满满当当的抽屉里。他们在一罐花生酱和一块巨大的姜汁面包之间穿梭。那里既安全，又安静。

他们听见声音，知道女店主和电工回到店铺里了，就在离他们不远的地方，可是他们一点儿也用不着害怕。即使女店主想要到这一层架子上找什么东西，他们也可以跑到最后排的罐子后面，或是最后排的姜汁面包后面躲藏起来，因为这层架子上摆了太多的东西，相比之下，他们显得那么渺小。

"我们可以在这儿待一阵子。"妮拉·黛拉说，"在这里，我们可以想吃多少就吃多少。噢，爸爸，你还一口都没吃呢！啃一口这里的面包吧！"

布罗姆先生迟疑了一下。他依旧觉得，在一个完全陌生的人开的完全陌生的商店里吃着完全陌生的食物是一桩很不得体的事。他几乎无法克服自己的心理障碍。不过，最终，饥饿感还是战胜了他的理智。他撕开一块巨大的姜汁面包外的包装纸，大口大口地吃了起来。

"我们也要，我们也要。"约翰尼斯喊道，"我们的早饭也还没吃够呢！"他们四个一同扑到了这块面包上。他们贪婪地啃食起来，狼吞虎咽，用牙齿在面包里啃出了一条长长的隧道。这就是四个小矮人和一块巨大的姜汁面包的故事。

"喔，这里可比皇宫好多啦。"妮拉·黛拉说。

"谁说不是呢。"其他人把嘴巴塞得满满的，随声附和道。是啊，这可真是一顿美味的早餐。可是吃完之后呢？吃完之后，他们面临着一个令人忧伤的局面，因为架子被塞得太满，以至于他们几乎动弹不得。他们也不敢随意走到外面去，因为这一整天，商店里的人总是络绎不绝：刚走了一位顾客，就又来了一位顾客。有时候，商店里甚至同时会来数十位客人。离他们不远处就是女店主的背影。他们觉得十分无聊，咳，真是太无聊了！这一天，就连说一句话都很危险，他们甚至不敢小声交谈。

"今天晚上，我们必须到仓库里去找个落脚的地方。"布罗姆先生压低声音说，"这里太危险了。商店的后面一定有一个仓库的，对吧？"

他的话音还未落下，女店主正巧转过身，从架子上取下一瓶芥末酱。

这时，她突然看见了被撕落的包装纸。她伸手拿起面包。布罗姆先生和其他几个小人儿矫捷地爬到了架子最深、最黑暗的角落里，躲在几包意大利通心粉后面。

"该死！"女店主喊了起来，"真是个好消息啊！居然有老鼠！我的面包被老鼠啃了！阿丽！阿丽！"

阿丽是一个年纪很小的女孩，大约十五岁的样子。她一路小跑地赶了过来。

"阿丽！你看看啊，我们这里有老鼠！你一会儿就把整个架子清空，好吗？仔细检查一下有没有老鼠屎，然后把所有地方全都打扫干净。我们今天晚上就得装一个捕鼠夹，再在店里养一只猫。想想看，是老鼠啊！我的店铺里已经十年都没进过老鼠了！你这就把这个架子清理干净好吗，阿丽？"

"好的，太太。"阿丽说。

躲在架子后排的小东西们害怕得浑身颤抖。他们该怎么办呢？他们是百分百会被发现的！想要悄无声息地离开这个架子，爬到别的架子上去已经来不及了。用不了多久，阿丽就会把这里所有的袋子和罐子拿走，然后就会发现他们。

他们无助地看着彼此，妮拉·黛拉哭了起来。挥棒拉拉的眼中再次喷出怒火。内心深处，他很想此时此刻就把店里的所有人都叮当住。可是布罗姆先生小声地对他说："不许叮当他们，听明白了吗？"

"知道了，爸爸。"挥棒拉拉说。

"我们只能祈祷她们不会欺凌我们了。"布罗姆先生颤抖着嗓音说道，"等着瞧吧。"

阿丽正拿着一把刷子和一块抹布，把所有的东西擦拭干净。她拿起摆在架子最前端的罐子和袋子。目前为止，她还没有发现他们，因为他们全都躲在最最角落的地方。

突然，街道上传来刺耳的刹车声。

"撞车了！"顾客们一边喊，一边冲到店铺门口，想要看看窗外究竟发生了什么事。

女店主和阿丽也丢下了手中的活儿，匆忙跑到店铺门口，看看到底是不是发生了车祸。事实上，外面并没有发生实际的交通意外，只不过两辆车差一点相撞。人们转过身来，重新面朝着柜台。女店主和阿丽也继续忙活起手头的事情。

"眼下的交通状况实在是太危险了。"女店主说，"你擦完架子了吗，阿丽？"

"我没有看见老鼠屎，太太。"阿丽说，"我已经把架子上所有的袋子和罐子都取下来了，可是上面什么都没有。"

"呶，这样更好。"太太说，"只不过，我们今天晚上还是应该弄一只猫回来。"

地板上，布罗姆先生、挥棒拉拉、妮拉·黛拉和约翰尼斯正躲在一大堆奶酪的后面簌簌发抖。趁着所有人转过身去看窗外的交通意外时，他们几个十万火急地从架子上滑了下来，然后利用那几秒钟时间，找到了这个藏身之所。可是他们又能安全地在这个地方待上多久呢？究竟要待多久？他们是不是最终还是会被发现的？

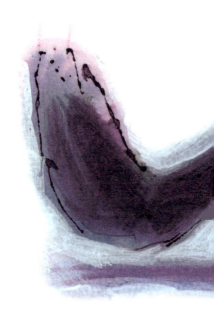

第九章

果篮

他们并没有被人发现。一整天的时间，他们都没有被人发现。约莫六点钟的光景，店铺里的灯被点亮了。女店主把所有的鳗鱼、鲱鱼和香肠全都放进冰箱里，把四处都拾掇了一下。阿丽把整个店铺的地面都拖了一

遍，幸亏她没有拖到奶酪后面的那块地方。

"好了，现在可以去把猫领来了。"女店主说。

小个子家庭静悄悄地坐着，直到女店主和阿丽全都离开，并且把店铺上了锁。

这时，挥棒拉拉谨慎小心地从墙角的奶酪后面探出脑袋环顾了一下周围。然后，他缩回脑袋，小声地说："它就在这儿。"

"谁？是猫吗？"

"是的，一只大猫。"

妮拉·黛拉也从墙角张望了一下，同样看见了它。那是一只漂亮的公猫，它全身漆黑，只有胡须、四只脚和胸前的一簇毛是白色的。这是一只十分可爱的公猫。布罗姆一家都非常喜欢猫咪，他们真心地希望能够走上前去抚摸这只猫。可是现在，他们的个头不过老鼠那么大，因此也会和老鼠一样紧张不安。他们感到很忐忑，就像老鼠一样害怕。

"其实，我们的处境并不比老鼠强。"布罗姆先生说，"我们靠着点心和奶酪过活，一旦有猫出现，我们就得躲到角落里。"

"它已经在嗅气味了。"约翰尼斯张望了一眼，然后喊了起来，"它已经朝这边走过来了。"

"要不然我……"挥棒拉拉一边说，一边挥舞起双臂来。

"好的，挥棒拉拉。"布罗姆先生脸色凝重地说，"尽管我的内心是万般不情愿，可我不得不承认，还是采取一些措施为妙。对我们而言，这只猫会威胁我们的生命安全。我们不能跑动，也不能爬到架子上去，因为无论我们怎么做，它都会赶在我们的前面。亲爱的挥棒拉拉，我希望你可以稍后解除这道魔咒，不过现在，你必须把它叮当住。"

"早就叮当完了，爸爸。"约翰尼斯说，"你看，那只猫变成石头了。"

他们从奶酪后面钻了出来。那只黑猫静静地站着，它的鼻子还高高地昂起，停留在半空中，一只前腿向前伸出。真是一座漂亮的雕像。

"咳，可怜的猫咪。"妮拉·黛拉轻声说道，"我希望你做石头的时间不会太长。"

"好了。"布罗姆先生说，"现在我们必须好好思考一下，怎么才能离开这个地方。我们必须离开这家商店，这已经是板上钉钉的事了，这里太危险了。白天，店里总是有很多人，夜里还有猫。尽管这只猫现在变成了石头，可是等到明天女店主发现它的时候，一定会闹翻天的。"

"我们可以再多逗留一会儿，四处转转吗？"妮拉·黛拉问。

"好的。"他们的爸爸说，"不过别吃得太多了。我们已经吃了很多东西了。"

不吃东西对他们来说简直太难了。这里有樱桃、李子、还有水灵灵的粉色蜜桃，除了苹果干，还有其他各式各样的水果干。他们把各种东西全都尝了一个遍。

"快看我呀！"妮拉·黛拉喊道。她正坐在一个巨大的葡萄干夹心蛋糕上。而挥棒拉拉则坐在几个无花果之中。约翰尼斯呢？约翰尼斯在哪儿？

"救命啊。"他们听见呼叫声，是约翰尼斯的声音。

"你上哪儿去了？约翰尼斯，你在哪儿？"

"在这儿！在桶里！救命啊，我要淹死了，我快撑不住了。救救我啊！"

他们全都朝着声音传来的方向跑去。那里有一个装满醋的桶，里面浸泡着嫩黄瓜。约翰尼斯就是掉进那个桶里去了。一根嫩黄瓜漂浮在一片醋海中央，起起伏伏，约翰尼斯正努力想要站在上面，可时不时就会被"海水"没过头顶。真是一幅凄惨的景象。

他们费尽了力气，才把约翰尼斯拖回岸上。他散发着一股酸臭味，浑身湿漉漉的，就像一只落汤鸡。

"自作自受。"布罗姆先生轻蔑地说，"你们总是那么……"他的话戛然而止。他们一动不动地站住了，因为离他们不远的地方，就在店铺里面，响起了两个人的对话声。

他们如同说好了一般，四下寻找一个适合的藏身之处。

他们的旁边就有一个大篮子，篮子里装满了水果。

有橙子、无花果、坚果、苹果，还有几瓶被做成了蜜饯的水果。他们四个一声不吭，飞快地爬进篮子里，躲藏在水果和瓶子之间的缝隙里。

他们听见一个熟悉的女声传来："但是我已经答应了，今晚会送过去。"

一个男孩带着哭腔的声音响起："可是我只是想在外面玩一会儿啊。"

"这不冲突啊，杨 。"那个女人说，"把这个篮子送到医院去、医院离这儿很近。你就把它送到儿童医院的二楼六号房。"

布罗姆一家摒住了呼吸。

"我就不能明天再去吗?"杨哭哭啼啼地问。

"不行。"他的妈妈斩钉截铁地回答，"快去吧。"

"妈妈，那只猫的样子真奇怪。"杨突然不哭了，而是一脸惊奇地说。

"你说的是那只猫?"妈妈问。随后，她惊讶地沉默了 。和杨一起朝着猫咪走去。

挥棒拉拉把头埋在两个苹果之间，只留出两只手在外面。不一会儿，他们听见杨说:"咦，真奇怪，你知道是怎么回事吗，妈妈? 我刚才摸了摸猫咪的背，它明明变成了石头。现在它又变回来了。这一定是我们的幻觉。你会抓老鼠吗，猫咪?"

"喵。"猫咪一边说，一边嗅着气味，走到篮子跟前。

"走吧，快一点。"妈妈对儿子说。杨挎上篮子，从店铺走了出去。

篮子里的几个小人儿轻轻地笑了起来。这个聪明的挥棒拉拉啊。就在最后一刻，他把猫咪叮当回来了!

嗯，不管怎么说，他们现在走出了商店。他们是不是要到医院去？这预示着新的危险、新的恐惧！他们出发了。他们感受到男孩是如何小心翼翼地提着他们往前走的。他们眼前一片漆黑，什么也看不见。静悄悄地坐在水果底下，一动也不动。

"我们在去医院的路上。"布罗姆先生小声地说。

"那样的话，我们会被发现的。"妮拉·黛拉怨声载道。约翰尼斯一句话也没有说，他还沉浸在酸黄瓜里洗澡的事实里，没有回过神来。

挥棒拉拉也没有说话，他紧紧地抱住一根香蕉，一脸怒容。他紧闭着双眼，两手攥成了拳头。他做足了抗争的准备，以备不时之需。

他们听见男孩跟医院的门卫说了几句话，然后感觉到篮子被提上了台阶。过了一小会儿，他们听见一个女孩的声音。女孩喊道："这是送给我的吗？是水果！又是水果？我已经有这么多水果了。算了，不管怎么样，谢谢你。"她把篮子放到床的旁边。

她什么都还没有发现。篮子里面的几个小人儿鸦雀无声，一动也不动。说不定这个病恹恹的小姑娘不会立刻把篮子打开。约翰尼斯是四个人中坐在最上面的，他的周围全是葡萄。他小心翼翼地窥视了一番，看见那个孩子正躺在床上。

她的面庞十分可爱，却也十分苍白。房间里只有她一个人。她是不是摔断腿了？她是不是病得厉害？约翰尼斯心里想：我们能不能等她睡着之后偷偷地逃出去？可是与此同时，女孩却从枕头上抬起头，把鼻子凑到篮子跟前。"醋，"她轻声说道，"醋！我闻到醋的味道了，果篮里总不可能有酸黄瓜吧？"

她闻了又闻，嗅了又嗅，约翰尼斯忙不迭地躲回到一串葡萄后面。可是他一动，撞掉了一个李子，李子又碰倒了一个粉红色的苹果。布罗姆先生大声地喊道："哎哟！"因为他被夹在了一根香蕉和一个瓶子之间。妮拉·黛拉大头朝下摔倒了，而小个子挥棒拉拉则差一点从篮子里滚了出来。

生病的女孩坐在床上，放声尖叫起来，两眼直直地盯着篮子，就像见鬼了一般。"那……那……那……那……那是什么？"她紧张地喊道。

妮拉·黛拉觉得目前的状况还不如同她交涉一番。她站起身，从水果中间钻出来，一跃蹦到床上。"别害怕。"她说，"请你千万别害怕。我跟你一样，是一个普普通通的小女孩，只不过我的个子比你小罢了。别，别，别摁铃。把你的手伸回来，不要喊任何人进来！"

生病的女孩正想摁铃，听她这么说，便把手指从按铃上缩了回来。

"你是什么人？"她问。她依然十分紧张，不过紧张中也透着几分好奇和欣喜。

第十章
小洛洛

"我叫妮拉·黛拉。我的爸爸也在这儿。你看，他从篮子里出来了。那个是我的弟弟约翰尼斯，这个是挥棒拉拉。"

"四个小娃娃！"女孩兴高采烈地说，"四个活生生的娃娃！"她拍起手来，眼睛里闪烁着光芒。

"我们才不是娃娃呢。"约翰尼斯愤愤不平地说，"我们就是普普通通的人，一不小心变得这么小了。你叫什么名字？你病得很厉害吗？"

"我叫小洛洛。"女孩说，"我已经病了三个月了。我可以让我的护士见见你们吗？我的夜班护士特别好！"

　　"不行！不行！"他们异口同声地喊了起来，布罗姆先生郑重其事地讲起话来。他跳到小洛洛床上的枕头上，向她解释说："亲爱的孩子，我请求你，不要叫你的护士来看我们，也不要带我们去见你的医生，或是别的任何人。我们不害怕你的原因是你看上去不像会伤害我们的样子。"

　　"我当然不会伤害你们了。"小洛洛说，她的脸红了，"你想想，我就这么轻易地得到了你们，该有多开心啊。"

　　"不错。"布罗姆先生说，"可是我们害怕大人。你知道吗？大人们不能理解这一切。一旦他们发现了我们，他们就会对此大做文章，还会把我们关起来供人参观，以此赚钱。说不定他们还会拿我们去做科学研究。所以我们很怕被人发现。"

"可是你们是怎么进到这个篮子里的呢？"小洛洛问，"你们从哪儿来？我还以为你们是送给我的礼物呢。这个果篮是我姨妈叫人送来的。难道不是她把你们装在里面的吗？"

"让我一五一十地告诉你。"约翰尼斯说。

"不行，我来告诉她。"妮拉·黛拉说。

他们两个为谁给小洛洛讲述自己的故事，争执了起来。

"你们挨个儿说。"布罗姆先生说，"你先说吧，约翰尼斯。"就这样，他们把事情的来龙去脉给小洛洛讲了一遍。小洛洛听得两眼发光。听完故事后，她把挥棒拉拉捧在手掌上，饶有兴趣地久久注视着他。

"你没法把他们变大了吗？"她问挥棒拉拉。

如同往常一样，挥棒拉拉露出一脸的懊悔。"没有。"他说，"我知道得吃一种东西。要是我能找到那样东西的话，就可以把他们重新变大。可是我忘了那东西叫什么名字了。"

"护士来了。"小洛洛压低声音说，"快点，躲到我床头柜的抽屉里去。"她抓起布罗姆先生和他的孩子们，迅速地把他们一个一个塞进她床边的抽屉里。

他们躲在黑漆漆的抽屉里，听见护士在病房里来回走动。当然，他们是看不见她的，可是他们可以听见她的讲话声。

"我的小姑娘啊，你的脸怎么这么红？"护士说，"我给你量一量体温。你刚才睡着了吗？是不是做梦了？难道你在生气？"

"是，也不是。"小洛洛说。

"我给你剥一个橙子好不好？或者给你削一个别的水果，你吃完再睡觉？"

"好啊，护士，再加一个葡萄、一个李子、两个苹果和一些坚果。"

"咦？这么多？你平时可是不吃水果的啊！"

"哦，可是我现在特别想吃。"小洛洛说。

"好的。我会给你摆上满满一盘水果。"

大约过了半个小时，护士才离开病房。等她走了之后，小洛洛再次拉开抽屉。

"出来吧，她已经走了。"小洛洛小声地说，"等一下，我来帮你们。你们看，这里有满满一盘水果呢。你们可以随便吃，想吃多少吃多少。"她在床上铺了一块餐布，接着，所有人都津津有味地吃了起来。

"你也应该吃一点啊，小洛洛。"布罗姆先生说，"这对你的身体有益处。"

"我的胃口特别差。"小洛洛叹了一口气说,"这简直太糟糕了。如果我能多吃一些的话,说不定我的身体也会好得快一点。我已经病了三个月了。最初的时候,我跟别的小朋友住在一个病房里,可是后来,医生觉得还是让我单独住比较好。"

"你不觉得害怕吗?"妮拉·黛拉问道,"你多久能见一次你的爸爸妈妈?"

"哦,每天都能见到。有时候还能一天见两回。他们全身心地爱我。所有人都对我很好。每到探访时间,就会有很多朋友、表妹和姨妈们来看我。她们会讲各种各样的事情给我听,还会给我送来各种各样的玩具和好吃的。我都被她们宠坏了。"

讲述这一切的时候,小洛洛看上去很是伤心。

"可是你一定很想回家吧?"约翰尼斯问。

"是啊,我还想上学,还想去游泳。我很想在家门口做游戏、跳绳。你知道吗,我还非常想再过一次桥,然后朝河里吐痰。你们是不是觉得我很怪?"

"没有。我明白你的想法。"妮拉·黛拉说,"我越来越能理解你了,因为我自己也变成了一个异样的小孩。

我也非常渴望能够再次回到小伙伴们的身边，跟她们一起做怪异的事情、手挽手地走在街上一起哈哈大笑。现在的我们变成了难民，甚至感觉全世界都在抓捕我们。"

"你们必须待在这儿。"小洛洛说，"只要没有别的人到房间里来，我们五个就可以互相作伴。我们可以给彼此讲故事，可以一起玩耍，一起吃饭。这样吧，我也吃一个橙子！"说着，小洛洛津津有味地吃起了水果。

"一旦有人进来，"她继续说，"一旦我听见走廊里有脚步声，我就把你们装进我的抽屉里。反正我总是能第一时间就听到动静。没有人会检查我的抽屉。这个抽屉是属于我的，谁也不能打开看。"

"待在这儿?"布罗姆先生喃喃地说。

"是啊,当然了。"约翰尼斯说,"我们就待在这儿吧。如今有了小洛洛的保护,我们再也用不着害怕了,对不对?这里有足够的食物,是不是,小洛洛?我们可以吃你的食物吧?"

"你们可以吃我的食物。"小洛洛笑道,"想吃多少就吃多少。我还会帮你们脱衣服、穿衣服,让你们睡在我的床上。"

说着,她一把抓起布罗姆先生,打算帮他脱衣服。

"不行,不行,快放开我。"他嘶喊起来,"你动动脑子好不好?我自己会脱衣服!"

小洛洛乐得哈哈大笑,脸色也突然好了很多。

"好的。"她说,"你们会待在我这儿的吧?"

"目前来说是的。"布罗姆先生说。

"也许挥棒拉拉还能治好我的病呢。"小洛洛说,"你会施魔法,对不对,挥棒拉拉?"她挥棒拉拉举了起来,捧到面前。挥棒拉拉认真严肃地看了看她。

"我不会给人治病。"他有些难过地说,"我倒是非常愿意那么做,可惜我不会。我是会施一些魔法,我们管这叫叮当,可是我也不怎么在行。"

"那我们睡在哪儿呢？"约翰尼斯问，"哦，小洛洛，我们可以睡在这儿吗？就在你的脚后跟。这里有一个长长的枕头，我们四个全都可以把脑袋搁在上面。这张床真舒服啊！"

就这样，布罗姆一家在小洛洛所住的医院落了脚。他们就睡在她的床上，乖乖躺在她的脚后跟旁。他们吃她的饭菜，也为她唱歌，他们在床上玩躲猫猫和各种各样的游戏。只要一有人进来，她就会把他们装进抽屉里，因为那个地方从来不会有人去看。有时候，他们玩游戏玩得入迷，以至于她没有听见走廊里的脚步声。他们会被门把手的声音惊吓到，然后像一群受惊的马扎一样，嗖地一下逃跑。他们练就了一身快速逃跑的本领。

对他们来说，探访时间是很难熬的。他们只能在抽屉里待着，躲在漆黑的地方，一声也不吭，这样的时间很难挨。几次之后，小洛洛说："我会在抽屉口留一道缝隙。那样，你们就能听见我们说的所有话，偶尔还能看见外面的状况。"从那以后，每到探访时间，他们就偷偷地窥视着外面。他们见到了小洛洛的爸爸、妈妈。有时候也能见到她的朋友们、她的表兄弟姐妹。有一次，一个淘气的表哥把手伸向了抽屉。"这里面装的是什么？"他问。

小洛洛狠狠地拍了一下，打在他的手指上，同时尖叫起来："不许碰！"

"哟哟，我又不是要偷你的东西。"男孩涨红了脸，嘟囔道。

"这个抽屉是我的。"小洛洛倒吸一口凉气，"谁也不许看。"

"别这么激动。"她的妈妈在她身旁宽慰她，"我可以理解，你很希望世界上有一块地方，它只属于你一个人，除了你以外，谁也不许瞧。"

布罗姆一家在里面吓得直打哆嗦。每到探访时间结束的时候，他们总是很高兴。渐渐地，他们能分辨护士们的声音、客人们的声音还有医生的声音。芬克医生的声音充满了慈爱。有一次，他们听见他说："你最近吃得好多呀。我有一种感觉，最近发生了一些事，这让你的身体突然有了很大的好转！也是因为这个原因，你的胃口也突然变好了！"

这话让他们所有人都喜不自胜，因为让小洛洛食欲大增的正是布罗姆先生。每当她吃饭的时候，他就会给她讲故事。这些故事很长，却又引人入胜，慢慢地，她不知不觉就吃光了盘子里的食物。

第十一章

医生

小洛洛的头枕在手上，躺在洁白、安宁的病房里的
洁白的床上。

"是啊，我自己也感觉好多了。"她说，"越来越好。"

"我告诉你一件事吧。再过十天，你就可以回家了。"芬克医生说，"这是不是一个很好的消息呢？"

"回家？"小洛洛大吃一惊。

"是啊，回家。你的病已经痊愈了，你可以回家了。是不是很开心？"

"我不想回家。"小洛洛说着，撑起身子，半躺在床上，她的眼睛里充满了恐惧。

医生默默地看着她。过了好一会儿，他说："你就不想告诉我是怎么一回事吗？你为什么这么害怕？你怕的到底是谁？告诉我吧。"

小洛洛摇了摇头，她的眼睛里满是泪水。

"哎，"芬克医生说，"我们一直以来都是很好的朋友，你觉得你可以放心地告诉我，究竟是什么事情在困扰你。不过你得相信我，如果你不说话，我也不会生气。我不会生气，也不会悲伤。因为我认为任何人都可以有自己的秘密。你要是不愿意的话就别说了。"

小洛洛拉了拉洁白的床单。

"我只是觉得，也许我能帮到你。"芬克医生说。

"医生，如果我把我的秘密告诉你了，"小洛洛说，"你能不能……什么事都别做？"

"我会仔仔细细地听你讲。"医生说,"只要仔细听,我就能够明白你说的话。只要我能够明白你的意思,那么你就用不着怕我了。"

"嗯,"小洛洛叹了一口气,"那么我开始说了。做好思想准备哦,医生!我的朋友们遇到困难了。"

医生静静地倾听着。

"他们是一位父亲和两个孩子——一个男孩、一个女孩。另外还有一个,是孩子们的朋友。所以说,他们一共是四个人。"

"他们在探访时间来看过你吗?我从来没见过他们。"

"没有,他们从来不在探访时间来。"小洛洛说,"没有人的时候,他们就在这里陪着我。就是没有护士,没有医生,什么人都没有的时候。"

"可是,"芬克医生结结巴巴地说,"他……他们是怎么进来的呢?爬窗进来的?"

"他们用不着进来。他们

一直都在这儿。"小洛洛小声地说。

"他们一直在这儿?"医生环顾了一下周围，然后紧紧地盯着小洛洛。

"您以为我发烧了。"小洛洛笑着说，"您以为我在说胡话。我给您解释一下吧：您瞧，这位父亲的名字是布罗姆先生。他是一位学者，正在写书。他和他的两个孩子一起住在城里的一幢房子里。有一天，他们的家里来了一个朋友。但是这可不是一位普通的朋友，因为他的个子只有这么大。"说着，小洛洛伸出大拇指和食指比划了一下，"这个朋友的名字叫挥棒拉拉，他在他们的家里住了下来。他们也很爱他。可是您知道吗，医生，挥棒拉拉会施魔法，他管这叫叮当。可是他只会一点儿，而这也正是麻烦的地方。如果他很在行的话，他们就不会面临这样的困境了。他有时候会叮当，可有的时候又不会了。"

小洛洛沉默了一会儿，偷偷地看着医生。她发现他并没有露出揶揄的神情，也没有受到极度的惊吓，这让她宽心不少。没错，他全神贯注地倾听着小洛洛的故事。

"有一天，"小洛洛继续说，"他们四个一起出门，去一家餐厅吃饭。可是吃完饭后，布罗姆先生却没法结账，因为他没有带够钱。他们被锁了起来，餐厅的人还报了警。这时，小个子的挥棒拉拉就把他们几个全都变得跟自己一样大了。就这样，他们轻易地逃走了。从那时起，他们四个的个头就全都只有老鼠那么大了。"

她看了看医生，可是他沉默着，等她继续讲故事。

"他们在外面游荡了很久，"小洛洛说，"他们必须很小心，不让别人发现，因为有些人类非常坏。"

医生点点头。

"最后，他们一不留神，进了一个水果篮。我在我的病床上收到了这份果篮礼物。我发现了他们，并且跟他们成为了好朋友。他们已经在这个房间了住了好几个星

期了。我们常常一起欢笑。"

小洛洛的脸上忽然有了光彩。

医生弯下腰，说道："而这就是你身体好起来的原因，对不对？之前，你一直很伤心，你很想家，觉得这里很无聊。可是现在呢，告诉我，他们在哪儿？"

小洛洛没有听见最后那个问题。

"他们对我非常好。"她说，"每当房间里面没有人的时候，他们就会到我的床上来。他们跟我一起吃饭，我们一起做各种古怪的游戏。每到夜里，他们就睡在我的脚后跟。要是蒂妮护士来了，或是别的什么人进来了的话，他们就会迅速地躲起来。有一回，护士来给我量体温，而那时候，他们就坐在我的床上。只不过，他们钻到了我的床垫下面，差点没被憋死。这听起来很可悲，因为一切都只能秘密地进行。他们在这里的日子也不是无忧无虑的，医生。他们很伤心，因为他们的个子变得很小，而且还回不了家。"

"他们为什么回不了家呢？"芬克医生问。

"因为他们在家里被发现了，是他们家的清洁女工和她的丈夫说出去的。他们找不到任何一个安全的地方，除了我这里，因为我是他们的最佳守护者。您知道吗，医生，我很努力地哄他们高兴、安慰他们。这通常都很管用。我相信，正是因为这样，我的病才好得这么快。能让别人高兴比别人让自己高兴更令人开心，您能明白我的意思吗，医生？"

"哦，是的。"芬克医生陷入了沉思，"当然了，确实是这样。"

"喏，"小洛洛说，"出于谨慎，我们本来至少还要再把这件事瞒上几个星期。可是眼下，约翰尼斯生病了。"

"哎呀呀，是那个小男孩吗？"

"是的，就是那个男孩。所以我对他们说了：我要把这件事告诉医生。他们原本不愿意，可是最终还是同意了。您能保证不伤害他们吗？而且不能把这件事告诉任何人。"

"我保证。"医生严肃地说。

"他们就在这儿。"小洛洛说。

她捧起一个放在脚后跟旁边的巨大糖果盒。这个盒子非常大，至少能装一磅糖果。纸盒上画着蓝色和粉红色的花朵。她打开盒子，里面整整齐齐地躺着一排小人儿——布罗姆先生、妮拉·黛拉、约翰尼斯和挥棒拉拉。他们躺在锡箔纸上，约翰尼斯的身上还盖了一小团棉花。挥棒拉拉的喉咙里发出轻微的隆隆声，并露出尖利的牙齿。他十分害怕，其他的人都微笑着。布罗姆先生带头站起身，从盒子里爬出来，伸出手，说道："您好，医生。"

"您好。"芬克医生一边说，一边握了握伸到他面前的小手。接着，妮拉·黛拉和挥棒拉拉也从盒子里爬了出来。约翰尼斯躺着没动，只顾着拉住盖在身上的棉花。他的脸泛着潮红，一副发烧的模样。

"这么说来，这个房间多了一个我的病人。"芬克医生说，"这是我所诊治过的个子最小的病人。我要为你检查一下，小伙子。把毛衣脱掉，还有你的背心。"

医生小心翼翼地用手指触碰着小个子约翰尼斯，为他做了检查。他看了看小小的舌头，搭了搭小小的脉搏，又用放大镜看了看他小小的喉咙。

"有一点咽炎。"他说，"我会给你准备非常小的药片，你得盖着毛毯……我指的是棉花。"

"嗨呀，"布罗姆先生说，"您知道了这些事，我们也总算能松一口气了，医生。您现在准备怎么做？"

"不怎么做。"医生说，"我向小洛洛保证过，我什么事也不会做。如果需要我的帮助，你们就告诉我。"

"您看，"布罗姆先生说，"我们唯一的愿望就是能够变回原来的大个头。可是您没法把我们变大，对吧？这一点，只有挥棒拉拉才能做到。不过前提是他得想起来怎么做，呼！"

挥棒拉拉胆怯而又不安地看着医生。"说不定我什么时候就会了。"他说，"他们得服用一种东西，但是我把那东西的名字忘记了。"

"在此期间，他们只能待在这里，医生。"小洛洛喊道。

"没问题。"医生说，"直到你回家为止，小洛洛。不过有一个条件，我想把这件事告诉蒂妮护士。"

他们全都沉默了，脸上露出迟疑的表情。

"我觉得这很有必要。"医生说，"我叫她进来。"

可是他根本用不着叫她。他们听见走廊里传来了脚步声。布罗姆先生拔腿就逃，可是医生拦住了他。"别害怕，"他说，"我会安排好的。"

护士一进门，芬克医生就说："蒂妮护士，到这儿来。"

蒂妮护士是一位年长的护士。她胖乎乎的，严肃而又镇定。

医生用手指捏住她的下巴，直勾勾地看着她。她甚至还没来得及看一眼病床。

"护士，"芬克医生说，"我想介绍你认识几个我和小洛洛的朋友。他们不是普通的朋友。请你答应我，你不会尖叫。"

"我答应你。"护士镇定地说。

"你看看吧。"医生一边说，一边松开了捏着她下巴的手。

蒂妮护士看了看病床。她没有尖叫，也没有晕过去，而是平静地说了一句："你们好！"

"你好，护士。"他们说。

"我早就知道了。"蒂妮护士说。

"不可能！"小洛洛喊了起来，"这怎么可能呢？"

"有一回，我进来的时候看见几个小东西四下乱窜，然后爬进了你的抽屉里。我心里想：好吧，如果她不想让我看见的话，我就当没看见吧。我没有那么重的好奇心。"

"喔，蒂妮护士，你实在太可爱了！"小洛洛说，"现在你们可以看到妮拉·黛拉是怎么在我的辫子上跳绳的了。"

她抓起又长又黑的辫子，捏住发梢，甩了起来。而妮拉·黛拉则围着弧线，跳进跳出。大家全都笑了起来。

"蒂妮护士，你又多了一位病人。"芬克医生说，"他就在这个盒子里。请给他准备一针剂的橙汁。"

蒂妮护士微微一笑，说道："我很高兴我们之间不再有秘密了。我们一起一定会很开心的！"

第十二章

小偷

"来吧，来吧，"芬克医生说，"这又不是永别。为什么要这么伤心呢？"

布罗姆先生站在小洛洛的床上，眼里含着热泪。他的身旁站着约翰尼斯、妮拉·黛拉和挥棒拉拉。他们全都哭成了泪人。小洛洛自己也躺在床上不停地抽泣，连枕头都湿透了。

"听好了，"芬克医生说，"根本没有必要这么伤心。小洛洛，你的身体好多了，所以明天就要回家了。这难道不是一件好事吗？"

"是啊。"小洛洛抽泣着。

"没错，"医生说，"约翰尼斯的身体也好起来了，而且你们现在要跟我走了。你们可以坐在我的公文包里，坐上我的汽车。我把你们送到城外一幢非常温馨的房子里去。那里住着一位非常和善的老太太，她会热情地接待你们，你们在她家也会很安全。这难道不是一件好事吗？"

"是的。"布罗姆先生、妮拉·黛拉和约翰尼斯点点头。只有挥棒拉拉有一些疑虑。

"好了，我们走吧。"芬克医生说。

小洛洛再一次把她的小个子朋友们一个一个地捧起来，亲了亲。

"快点来看我们。"妮拉·黛拉说。

"好好照顾自己，多吃点东西。"布罗姆先生说。

"谢谢你为我们做的一切。"约翰尼斯一边说，一边伸出小手刮了一下小洛洛的鼻子。

"再见。"挥棒拉拉说。

随后，他们爬进了医生的包里。他们四个可以一起惬意地坐在外侧的口袋里。口袋的上面有一根拉链。

"我不把拉链拉上。"医生说，"否则你们会透不过气来的。小心点，别把脑袋露在提包的外面。不要让别人看见你们！"

医生踏出门口的时候，他们再一次向小洛洛挥了挥手，随后，便一头扎进公文包的口袋里。

芬克医生走过走廊，跟门卫打了一个招呼，走到医院外面，坐进汽车里，然后把包放在旁边的座椅上。

"好了，"他说，"你们可以出来看看外面。你们已经很久没有见过外面的世界了。"

他们从公文包里探出脑袋，看着外面。这简直就是一个奇迹，他们终于再次见到了这座城市，看着城市里的高楼、川流不息的汽车、拥挤的人潮……可是外面十分喧闹。病房里面的宁静使得他们已经不再适应这样的噪声。

"嗯，我还得顺路去看一个病人。一小会儿就好。"芬克医生说，"你们一定不会有意见的。我把车停在这里，就在运河边。最多十分钟，我就回来。你们还是待在公文包里比较好，谁知道会不会有人往车窗里看呢？"

他们乖乖地待在公文包里，聊着天，畅想着新家的模样。

"我很想知道，那位老太太到底多大年纪了。"妮拉·黛拉说。

"是啊，"布罗姆先生说，"我也很想知道，住到那栋房子之后，我们是不是还有完全的自由，是不是随便哪里都可以去。她应该不会把我们锁起来吧？你们觉得呢？"

"这要那样的话，我们就逃走！"约翰尼斯喊道。

正当他们小声谈话的时候，里克斯·李尔沿着运河溜达了过来。里克斯·李尔可不是什么和善的人，甚至可以说，他是一个十分险恶的人。一旦他瞅准下手机会，他就会偷些东西。他算不上是一个职业小偷，可是偶尔也会从百货商场的展柜里顺手牵羊，或是从咖啡厅拿一个女士提包，又或是时不时去火车站窃取几个箱子。任何可以轻易盗窃东西而后又能全身而退的地方，他都不会放过。

　　这会儿，他恰好看见医生把汽车停在运河边之后匆匆离去，连车门都没有锁。

　　里克斯·李尔心里想：顺路从旁边走过总是没什么不妥的。于是，他从车门旁走过。他拽了拽车门上的把手，把门打开，顺手卷走了放在前排座椅上的公文包，关上车门，若无其事地继续向前走。他走得十分从容，一点儿也不慌张，为的就是不引起任何人的怀疑。

公文包里的四个小人儿感觉到自己被人提了起来。他们很惊讶：医生怎么这么快就回来了？他们丝毫没有起疑，想当然地认为就是医生回来拿起了公文包，带着他们在街上走。

他们四个同时把脑袋探出口袋，异口同声地喊道："咦，您这么快就回来啦？"

里克斯·李尔猛地停下了脚步。他顺手偷了一个公文包，而这个包恰恰会说话。包里传出了说话声。声音很小，可的的确确是人类的说话声。他转了转脑筋："嗯，包里一定是装了一个收音机。"他看了看公文包，却在侧面的袋子里看见了四个小脑袋，这几个脑袋正万分惊讶地看着他。

里克斯·李尔是一个胆小鬼。他是一个容易受到惊吓，同时又很迷信的人。他以为公文包受到了诅咒，所以感到毛骨悚然。他想也不想，就把这个可怕的巫术包举到半空中，用力地丢掷出去。包落到了运河里。包里的几个小人儿只觉得自己短暂地在空中滑翔了一会儿，随后就有水灌进了包里，一瞬间，他们的眼睛和鼻子里全都灌满了水。水涌了进来。

布罗姆先生已经不知道自己是怎么从包里爬出来的

了，他只知道要赶快游起来。他看见妮拉·黛拉正在离他不远的地方游动。

"约翰尼斯在哪儿？"他大声地喊。

"在这儿，爸爸。"约翰尼斯的脑袋也浮出了水面。

"挥棒拉拉呢？"他们一边游，一边四处张望，可是哪里都见不到挥棒拉拉的身影。

"挥棒拉拉！挥棒拉拉！"妮拉·黛拉大声呼唤，"噢，挥棒拉拉啊，你在哪儿？"可是没有回应！

"他会被淹死的。"约翰尼斯哀叹道，"他不会游泳！"

"说不定他还在包里。"布罗姆先生说。公文包在水面上漂浮，他奋力地朝着包游去。

他们看见挥棒拉拉的一只手露在口袋的外面，便齐心协力地把他从包里拽了出来。挥棒拉拉神志不清地任由他们拖着自己从水面游过。他们托着他的脑袋，把他的头露出水面，带着他在运河里游动。终于，他睁开眼睛，说道："说不定附近有鸭子。"

"那里就有一只鸭子，挥棒拉拉。"约翰尼斯说，"我们这就游过去。"

他们前进的速度很慢，因为他们的个子太小了。他们好不容易才来到一只毛色鲜亮、蓝绿相间的大个头公鸭跟前。

挥棒拉拉立刻嘎嘎嘎地与鸭子交谈起来。他懂得鸭子的语言，而公鸭则一脸严肃地倾听着，脸上没有丝毫不耐烦。

"它说它可以把我们送到岸边。"挥棒拉拉说，"爬到它的背上去吧。"

幸亏已经到了傍晚时分，天色渐渐暗了下来，运河旁匆匆而过的路人们根本看不见有四个活生生的小娃娃爬到了一只大鸭子的身上，也看不见鸭子是如何昂首挺胸、沉着冷静地拨动水面的。

"鸭子说，鲁尔运河那里有一个台阶，我们可以从那里上岸。"挥棒拉拉说。

"就让它送我们到那儿吧。"布罗姆先生说，"不管怎样，我们总得先上岸再说。"

鸭子钻过一个又一个的桥洞。它时不时地把嘴探进水里寻找食物，又时不时地对着挥棒拉拉嘎一声，过了许久，终于靠岸了。就在鸭子停靠的地方，直立着一把铁制的梯子，总共有十级阶梯。

"嘎嘎。"挥棒拉拉对公鸭说。

"嘎嘎。"鸭子说。它的意思大概就是：不用客气。

他们一个接一个地离开鸭子背，踩上梯子。他们衷心地向公鸭告别，然后吃力地向上爬去。鸭子抖了抖身上的羽毛，静静地游走了。

他们来到一条空寂无人的运河旁，坐在一棵大树底下。周围黑漆漆的，已经是深夜了。他们全都冷冰冰、湿漉漉的。

"没准芬克医生还以为我们是自己从汽车里逃走的呢。"妮拉·黛拉忧郁地说。

"他肯定不会那么想。"布罗姆先生说，"他一动脑筋就能明白，即使我们一共有四个人，也无论如何都背不动那么沉的公文包。他立刻就会明白，包被偷了。"

"他该多么惊讶呀！"约翰尼斯说。

"他一定不敢把这件事告诉小洛洛。"挥棒拉拉说。

"所以我们一定要想办法给芬克医生打电话。"布罗姆先生说。

"打电话？到哪儿才能打电话呢？"

"房子里。"

"我们要跑到房子里面去，问主人能不能让我们打一个电话？"

"不是。我们必须偷偷摸摸地走进一栋房子。等住在里面的人睡觉了，我们就可以打电话了。"

"那就这栋房子了。"妮拉·黛拉说，"这栋房子看起来还挺漂亮。里面一定有电话机。"

这栋房子的地下室安了防盗窗。他们轻轻松松就从栏杆之间爬了进去，来到宽敞、温馨的厨房里。厨房里面一个人也没有。房间非常温暖。屋里点着一个煤炉，上面的水壶正在嘶嘶作响。煤炉的后面摆着一大堆木柴。他们脱下衣服，把它们铺在木块上烘干，他们自己则做着运动，以此取暖。

"好了。"布罗姆先生说，"一个新的避难所。这一次等待我们的又会是什么呢？"

第十三章
手表

坐落在运河边的老房子里住着两位妇人。这是两个年长的女人：阿黛尔婆婆和露易丝婆婆。她们的身份很是尊贵，她们生活规律、谨慎细致，思想传统守旧。

她们这会儿正在宽敞、华丽的客厅里，分别坐在红木桌子的两边。她们的对面站着克拉西。

克拉西是这户人家的女仆。她是一个来自农村的年轻姑娘。事实上，她对这两位面色严厉、一袭黑衣的妇人怕得要命。

"克拉西，"阿黛尔婆婆说，"今天早上我的手表明明被放在那个胡桃木的古董柜上，可是现在却不见了。这是怎么一回事呢？"

"我不知道，夫人。"克拉西结结巴巴地说，"我根本没见过什么手表。"

"除了我们两个和你，再没有人进过这个屋子。"阿黛尔婆婆说，"一定是有人把手表拿走了。那个人是不是你？"

　　"不是，夫人。"克拉西一边说，一边哭了起来，"我真的没有见过什么手表。而且我从来没从这里拿走过任何东西。"

　　这时，另一位妇人——露易丝婆婆也忍不住开口了。"克拉西，"她说，"你已经在我们家工作了六个月，我们觉得你的工作完成得还不错。只可惜发生了这样的事。看来，你不是一个诚实的人。"

　　"我很诚实。"克拉西哭诉道，"我从来不偷东西。"

　　"那么手表是谁拿走的呢？"露易丝婆婆冷若冰霜地说，"这件事总是人干的吧？"

　　"您是不是想报警？"克拉西抽泣着问。

　　"不，我们不会那样做。"阿黛尔婆婆说，"我们也不会解雇你，确切地说，是不会立马解雇你，因为现在这个时候，想找一个仆人来给我们做家务实在太难了。我们会再给你一次机会的，克拉西。"

　　"可是我不想让你们带着有色眼睛看我。"克拉西颤抖着嗓音回答。

"是啊，我们也不愿意这样，但是你也能够理解，从现在开始，我们会对你的一举一动格外留意。"露易丝婆婆冷冷地说道，"现在，你跟我们一起到楼上去。你得帮我们把缝纫机放到原本的位置上去。"

两位妇人优雅庄重地走出房间，克拉西则一颠一颠地跟在她们身后，手里湿答答的手帕被攥作一团，皱巴巴的。她不停地抽泣着。客厅里寂静无声。

你说客厅空无一人？不对，不完全是。钢琴下面还坐着四个小人儿，那就是布罗姆一家和挥棒拉拉。他们恰恰刚刚走完了一段艰难的征程——他们半小时前刚沿着楼梯从地下室里爬上来。这对他们这样的小人儿来说可不是一桩容易的事。为了不引起任何人的注意，他们走得小心翼翼、蹑手蹑脚。他们好不容易才来到客厅的门口，沿着一道缝隙钻了进来，爬到摆放在门口的钢琴下面。

等妇人们带着克拉西离开房间后，他们便跑了出来。

"你们听见她们说的了吗？"妮拉·黛拉愤愤不平地说，"我觉得她们一点儿也不像好人。你听见她们对那个叫克拉西的女孩说的话了吗？我根本不相信是她偷了那块手表。你们信吗？"

"不信。"布罗姆先生说，"我也不相信。你说得对，妮拉·黛拉，她们不是什么善良的妇人，我们必须小心再小心，千万别让她们发现我们。顺便问一句，你们有没有看到电话机在哪儿？"

"有！"约翰尼斯和挥棒拉拉喊道，"那儿就有一个，就在那儿，在矮桌上。"

"快点儿，"布罗姆先生说，"说不定她们很快就会回来，我们必须赶在她们回来之前打完电话。"

一眨眼的工夫，他们四个就一同爬上了矮桌，站在电话机旁。可是这没有他们想象中那么容易。首先，他们得翻开电话簿，找到他们需要的电话号码。

"我们得找到'芬克'的'芬'。"布罗姆先生说，"现在已经是晚上了，芬克医生这会儿应该在家。我们得往他家打电话，问问他能不能尽快到这儿来接我们。帮我一把，我一个人是翻不开这本厚重的电话簿的。"

他们齐心协力，把电话簿翻到了"F"页。

"在这儿。"布罗姆先生说，"我找到了发、方、飞……再翻两页……快点儿……我们已经浪费了太多时间。哈，在这儿：P.J.芬克医生。好了，把听筒从电话机上取下来，四个一起，加油，它太重了。欧耶！"他们把听筒从电话机上摘了下来。

"现在我们四个得一起拨号码。"布罗姆先生说,"我们得一起用力,转动电话机上的转盘。就是这样。"嗨哟喂,转盘很沉,他们转得十分费力。终于,他们还是转完了最后一个数字。布罗姆先生坐在话筒跟前,妮拉·黛拉则坐在听筒跟前仔细地听。

"你好!"布罗姆先生放开嗓子大声喊道,"是芬克医生吗?您好啊,芬克医生!"

"我是芬克医生。"他们听见听筒里传出声音。

"芬克医生,我们是布罗姆一家。我们连带着您的公文包一起被偷了!我们现在在鲁尔运河旁的一幢房子里,这里住着两位老妇人,她们的名字叫……"布罗姆

先生环顾了一下四周，说道，"该死，我们还不知道这两位妇人叫什么名字。"

"苏特加斯。"约翰尼斯喊了起来，"她们两位是苏特加斯夫人，她们的名字就写在这个记事本上！"

"哦，苏特加斯。您还在听吗，芬克医生？我们就在鲁尔运河的苏特加斯府邸。"

电话那一头的医生一时间哽住了。突然，他明白过来，立刻喊道："您说什么？鲁尔运河的苏特加斯官邸？我这就来接你们！可是我在哪儿才能找到你们呢？我总不能随随便便地闯进别人家的客厅里去吧？我怎么才能找到……"

就在这时，挥棒拉拉喊了起来，"快跑，快跑，有人来了！"

他们把电话机的听筒丢在矮桌上，飞快地沿着桌布滑到地下，及时地在胡桃木的古董柜底下找到了一处安全的地方。

阿黛尔婆婆走进房间，从椅子上拿起她绸缎质地的手提包，掏出一个东西。正当她要离开的时候，她的目光落在了电话机上。

"咦，听筒没放在电话机上。"她嘟哝道，"这是怎么一回事？它刚刚还在那里的。"她走到电话桌跟前，把听筒摆回原处，随后，走出了房间。

"她又走了。"布罗姆先生小声地说，"我们要不要再去打一通电话？唉，还是算了，我想已经没这个必要了。芬克医生已经明白了，他会来这里接我们的，今晚就来。我们只需要安安静静地坐在这个柜子底下等。"

"我希望芬克医生能快点来。"妮拉·黛拉叹了一口气，"这栋房子给我的感觉很不舒服。你在做什么，挥棒拉拉？"

他们看着柜子底下的挥棒拉拉。他正挨着墙壁，面朝下趴着，用尽全身力气拉一样东西。他们走到他的身旁，这才看清，原来他正把一个闪闪发光的东西从缝隙后面往外拉。

"是金的，"妮拉·黛拉说，"哦，我看出来了，这是一根手表表带。手表掉进缝隙里去了，落到了墙壁和地毯之间。"他们帮着挥棒拉拉一起拉，不一会儿，就拽出了一块手表。

"瞧见了吧，"布罗姆先生说，"个子小还是有好处的。知道我们应该怎么做吗？我们把它装进阿黛尔婆婆的手提包里。它就在那张椅子上。"

他们把手表拖到椅子旁边，然后向上爬。他们把手表塞进手提包里，随后迅速地落回地上，逃回胡桃木的古董柜底下，藏起身。他们刚躲好，两位夫人和克拉西便回来了。

　　"你要喷点儿科隆香水吗，露易丝？"阿黛尔婆婆问。

　　"好啊，阿黛尔。"露易丝婆婆说。

　　阿黛尔婆婆拿起手提包，翻寻那瓶科隆香水。突然，她惊讶得瞪圆了双眼，张大了嘴巴。

　　"怎么了？"露易丝婆婆喊道。

　　阿黛尔婆婆把金表从手提包里拿出来，给她看了看。

　　"在我的手提包里。"她吞吞吐吐地说，"怎么会这样呢？"

　　"喔，太好了！"克拉西喊道，"您找到它了！这下，您亲眼看到了，它不是我拿的！"

　　"咳，阿黛尔，我不得不说了，你实在太马马虎虎，太粗心大意了。"露易丝婆婆说，"手表一定一直都在你的手提包里！"

　　阿黛尔婆婆一脸羞愧。

　　胡桃木的古董柜下，布罗姆先生和妮拉·黛拉联同挥棒拉拉和约翰尼斯偷偷地笑了起来。

第十四章
芬克医生来了

"我们在这个柜子底下待了多久了?"约翰尼斯一边打着呵欠,一边问道。

"别这么大声。"布罗姆先生压低声音说,"要是让那两个婆婆听见,她们一定会四处找我们的。"

"芬克医生今天晚上还会来吗?"妮拉·黛拉小声地问道,"等这些人去睡觉之后,他就能闯进来了吧?"

她伸了伸脖子,从柜子底下打量了一下整个房间。露易丝婆婆和阿黛尔婆婆正坐在大圆桌跟前,一人手里捧着一本书、一人鼻子上架着一副眼镜。

"我听见门铃响了。"布罗姆先生小声地说,"你们听!"

他们竖着耳朵听着,听见克拉西跑过走廊的声音,又听见大门被打开的声音。不一会儿,有人敲响了客厅的门，克拉西的脑袋探了进来："有一位先生。"她说，"有一位先生来找您。"

"一位先生？"阿黛尔婆婆问道，"什么先生，克拉西？你没问问他叫什么名字吗？"

"他是一位医生。"克拉西说，"芬克医生。他说他想跟您说句话。"

"好吧，请芬克医生进来吧。"露易丝婆婆说。

克拉西退回到客厅外，芬克医生走了进来。

胡桃木的古董柜下，几个小人儿连大气也不敢喘。眼前就是亲爱的好人——芬克医生。他来接他们了。他做到了自己所承诺的，他没有丢下他们不管。他们很想奔到他的面前大声呼唤：亲爱的医生，我们在这儿，把我们抱起来，带我们走吧！可是他们也知道，这不是十分理智的行为，还是等上一会儿比较好。芬克医生到底会怎么做呢？

"请坐，医生。"露易丝婆婆说道。她阴沉着脸，上下打量着医生。

"谢谢您。"芬克医生一边说，一边走到一张毛绒椅子上坐了下来。

他把包放在椅子旁边。柜子底下的四个小人儿摒住呼吸，眼睛直勾勾地盯着他。他们发现，那是一个崭新的公文包。这个包同样侧面有一个口袋。口袋敞开着，大大地敞开着。公文包离小柜子大约两三米远。只要他们跑到那里，就能轻而易举地蹦进口袋里躲起来。可是他们怎么才能穿越房间，突破那两米，同时不引起任何人的注意呢？毫无疑问，两位妇人是一定会发现他们的。不行，他们还是等一下比较好。当然了，不消说，芬克医生一定是故意把公文包放在那里，大敞方便之门的。

"您要不要喝杯茶，医生？"阿黛尔婆婆问。

"不用了，谢谢您。您太客气了，谢谢您。"芬克医生说。

"您能不能告诉我们，您突然到访有何贵干？"露易丝婆婆友好而又孤傲地问道。

"是的，呃……"芬克医生开口说道。他明显害羞起来，脸涨得通红，说话也有些磕磕巴巴。"您看，是这样的，我正巧从这栋房子跟前走过，就顺便往屋里瞧了瞧，因为我一直都对这种运河旁的老房子很感兴趣。"

"哦，那又怎么样？"露易丝婆婆问道。

"然后我就看见了这顶古老而又精美绝伦的枝形吊灯。"医生继续说，"我这辈子还从来没有见过这么漂亮、这么罕见的枝形吊灯呢。您可能会觉得我很唐突，可是我进来就是想问问您，能不能让我近距离地欣赏一下这座吊灯。"

露易丝婆婆和阿黛尔婆婆的脸上大放异彩。她们两个都十分珍视家里这些漂亮的古董家具，现在居然有一个陌生人对她们的枝形吊灯表现出兴趣，而这个人还是一位医生，这实在是太好了。

"当然了！"她们异口同声地说，"当然了，医生，您请随意。"

芬克医生依靠在椅背上，抬头看着铜制的枝形吊灯。两位妇人露出骄傲的笑容，和他一同观赏起来。

柜子底下的布罗姆先生立刻就明白了，芬克医生是故意编出一个枝形吊灯的故事，吸引所有人抬头向上看。他挎住妮拉·黛拉的胳膊，大喝一声："约翰尼斯、挥棒拉拉，快来。"于是，他们一同冲进房间里。他们跑到公文包的跟前，蹦进侧面的口袋里，上气不接下气地喘息着。

芬克医生收回落在枝形吊灯上的目光，弯下腰，提起公文包。他小心翼翼地合上侧面的口袋，拉上拉链，说道："我猜想，您应该是不愿意把枝形吊灯卖给我的吧。是不是，夫人？"

"不卖，绝对不卖。"露易丝婆婆说，"这顶枝形吊灯是我们的祖父传给我们的。"

芬克医生叹了一口气。"那我就不再打扰您了。"他说。

"您真的不想喝杯茶吗，或者荷兰蛋黄酒？"

"不了，谢谢您，很抱歉，我必须走了。我很感谢您的热情款待，允许我近距离地欣赏这件精美的器具。"

他鞠了一个躬，把公文包紧紧地夹在胳肢窝底下。

"克拉西，请你送医生出去！"

克拉西把芬克医生送出门，沉重的大门在他身后关上了。他站在门口的台阶上。等他跨下台阶后，便在漆黑的运河边站定不动，打开公文包侧面的口袋，说道："咳，我的表现是不是棒极了？枝形吊灯的故事是不是编得很不错？你们现在跟我走，我会把你们送到新家去。我会格外小心，不会再让公文包被偷走了。"芬克医生兴奋不已，滔滔不绝地说起来。他不停地说啊说，别人一句话也插不上，终于，布罗姆先生挥了挥细小的手臂，喊道："停！医生！有一件非常糟糕的事！"

"嗯?"芬克医生说，"是什么?"

"挥棒拉拉没在这儿。"布罗姆先生说，"挥棒拉拉没跟我们一起出来。"

"那他在哪儿?"芬克医生一边问，一边在大理石的台阶上坐了下来。

"我们不知道。"妮拉·黛拉说，"当我们发现我们可以蹦到公文包里的时候，我们就立刻冲了进去。我们还以为挥棒拉拉就跟在我们后面，因为他一直和我们一起躲在柜子底下来着，况且我们还喊了：'快点，挥棒拉拉，进公文包！'"

　　"哎呀呀，哎呀呀，"芬克医生说，"唉，没有别的办法了。那就你们几个跟我走吧。"

　　"我们几个？我们就这样把挥棒拉拉丢在那幢可怕的旧房子里不管了？"约翰尼斯忿忿不平地问道，"这可不行！这样的话他早晚会被那两位高贵的夫人抓住的。"

　　"哎呀呀，我们不能丢下挥棒拉拉不管。"妮拉·黛拉说，"我们必须把他救出来，要不然我们就不跟您走。"

　　就连布罗姆先生也摇着头，伤心地说："不行，芬克医生，我们不能把挥棒拉拉独自留在那里。"

　　"可是，"医生简直快要绝望了，"我们要怎么办呢？我总不能抱着挥棒拉拉会跳进公文包里的希望，再摁一次门铃，请求她们再让我欣赏一回枝形吊灯吧？我做不到，况且我也不敢那么做。"

　　"不是的。"布罗姆先生说，"这行不通。唯一的办法就是我们回到那栋房子里去。我们已经认识路了。麻烦您把我们放到地下室的厨房窗口。"

芬克医生沮丧极了。"这简直太糟糕了。"他说,"我刚刚还在为能用这样一个好办法把你们救出来沾沾自喜,可是这些工夫全都白费了。"

妮拉·黛拉用脑袋蹭了蹭他的手心。"不要生我们的气,亲爱的医生。"她说,"您也不会看着您的朋友有困难而置之不理的,对不对?"

"当然不会。"芬克医生说,"好吧,我把你们放在这扇窗户的栏杆中间,这里就是厨房了吧?这样行吗?厨房里很暗啊。"

他通过窗户把他们一个接一个地放在了厨房的窗台上。

"需要我留在这里等你们吗?"他轻声地问道。

"不用了,医生。"布罗姆先生说,"我们需要很多时间。不过您可以明天早上再来接我们。您来得了吗?"

"好的,那我明天一大早就来。"医生说,"我一大早就到,赶在我的诊所开门之前。我明天会再想一个新的借口,让她们放我进屋。再见了,我亲爱的孩子们。"

"再见,亲爱的医生,感激不尽!"布罗姆一家哽咽

着说道。随后，他们在黑暗
中摸索着前行，通过厨房，
朝着楼梯走去。他们要去寻
找挥棒拉拉。

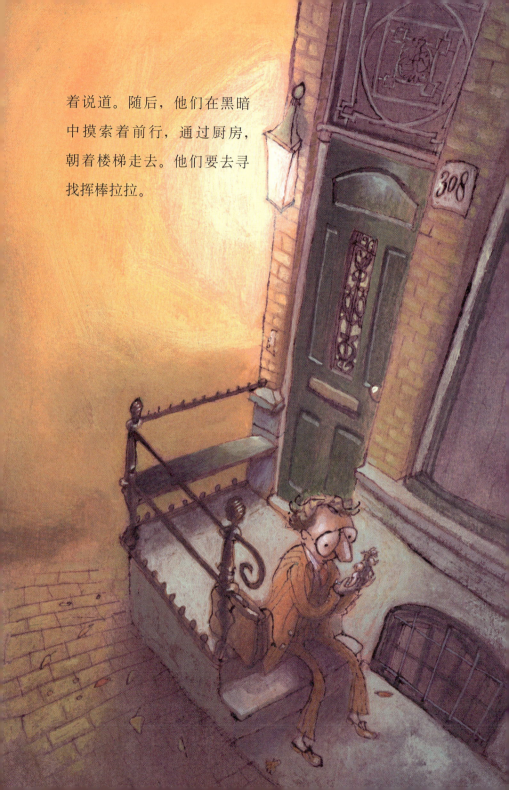

第十五章

幽灵

　　夜深了，已经是凌晨三点左右，客厅里灯火闪耀。两位婆婆站在房间正中央，挽着彼此的胳膊。她们一边发抖，一边不知所措地看着彼此。

　　至于克拉西，她也同样身着睡袍，站在她们旁边，惊恐地瞪大了双眼。

　　"你到底看到什么了，露易丝？"阿黛尔婆婆问。

　　"我看见……我看见一个个头非常小的人，他在打字机上跳来跳去！"露易丝婆婆喊道，"我真的看见了。"

　　"可是，可是这简直就是胡说八道。"她的妹妹结结巴巴地说，"这怎么可能呢？世界上根本就没有小人儿啊，我的意思是世界上没有小精灵！你一定是做梦看见的。"

"可是你不也听到打字机的声音了吗？这可是深更半夜啊！你不是也听见弹钢琴的声音了吗？这可是一间空荡荡的屋子啊！我们不是一同听见的吗？"

"是啊。"阿黛尔婆婆说，"我确实听见了。他们弹的是《穿上蓝格子的工作服》。克拉西，你有没有听到？"

"听到了。"克拉西说，"我听见打字机的敲击声，当时就觉得很奇怪。我还以为是有人破门而入了。然后我就轻手轻脚地进屋来看。我听见了弹钢琴的声音，还听见了打字机的声音，可是我什么都没有看见，房间里空无一人。"

"然后我们就到了，点亮了灯。"阿黛尔婆婆说，"就在灯被点亮的那一刹那，我看见了一个小人儿。只有这么点大！"她伸出拇指和食指比划了一下，"他只有这么一点大！"

"幽灵！"露易丝婆婆说，"我们的房子里有幽灵！我们必须想一个办法！快给消防队打电话，或者给警察打！"

"可是消防队和警察又能做什么呢，露易丝？他们又能拿幽灵怎么办呢？"

"那有了幽灵应该找谁呢？"露易丝婆婆神情紧张地问，"如果家里出了幽灵，找谁才管用呢？有没有中央幽灵局一类的地方？"

"我们还是先看看打字机再说吧。"阿黛尔婆婆说，"说不定他们在纸上打了一些什么字呢。"

她们三个一同走到写字台上的打字机跟前。打字机里卷着一张纸。是谁卷的？什么时候卷的？怎么卷的？从来没有人用过这台打字机。打字机里也从来没有装过纸。眼下，打字机里却卷着一张纸，纸上还印了一行字：挥棒拉拉你在哪儿。

"我们仔细检查一下这个房间。"露易丝婆婆说，"我们仔细检查一下这栋房子！这个，我就从这个废纸篓开始找起！"

"可是，亲爱的露易丝，"阿黛尔婆婆说，"幽灵是不会钻到废纸篓里去的！再说了，即使它在里面，你也看不见它的，不是吗？幽灵都是隐形、透明的。"

"可是那个小人儿又怎么解释呢？"露易丝婆婆说，"那可是我亲眼所见。他总有可能在这个废纸篓里吧？"

她把废纸篓倒过来，里面只掉出了几团纸。

"说不定是老鼠。"克拉西怯生生地说。

"老鼠？"阿黛尔婆婆说，"你以前听过老鼠弹钢琴吗，克拉西？你有没有见过老鼠用打字机打字呢？"

"没有，夫人。"克拉西怯怯地说。

"行了，别再说这种蠢话了。"

两位婆婆穿过房间，拿起沙发上的靠枕，又察看了柜子和椅子下面，拉开写字台的每一个抽屉，寻遍了屋里的每一个角落，最终却只能以放弃告终。

露易丝婆婆走到一张椅子跟前，坐了下来，随后啜泣起来。"家里居然有幽灵和阴森森的东西。"她一边抽泣一边说，"谁能想到会发生这种事呢？家里居然有山精、巫婆和邪恶的妖精！这还是在运河旁一栋住着上等人的华丽住宅里！"

"我突然想到了一个办法，露易丝。"阿黛尔婆婆忽然说道，"你觉得我们给那位显贵的芬克医生打个电话怎么样？"

"芬克医生？"

"是啊，就是今天晚上来参观枝形吊灯的那位医生。"

"为什么呢？我们又没有生病。再说了，要是我们这里真的有幽灵的话，他又能帮上什么忙呢？"

"一般来说，医生们总是什么都懂一点。退一万步说，家里有一个男人我会比较安心。"

"你该不会是想现在给他打电话吧？现在可是半夜三点钟啊！"

"是啊，当然了！他不是医生吗？是医生就早该习惯了半夜被电话吵醒。"

"那好吧。"露易丝婆婆说，"给他打电话吧。"

阿黛尔婆婆走到电话机旁。"瞧瞧啊，"她说，"电话簿刚巧就翻到了有芬克医生的那一页。这简直就是天意。我们得问问他能不能立即过来一趟。"她拨了号码，然后等待着。"哦，您好，是您吗，芬克医生？我们是住在鲁尔运河边的苏特加斯姐妹。是的，您今天晚上到我们家来过。我们遇到了很大的难题，所以想要问问您，看您能不能立即来一趟。不是，我们没有生病。我们遇到的是另外的难题，医生！喔，谢谢您，谢谢您。一会儿见。"

"他这就来。"她松了一口气，说道，"这个人太善良了。他一个小时后到。"

"好的。"露易丝婆婆说，"那我们就坐在客厅里等，我们得紧挨在一起。克拉西，搬一张椅子过来，坐到我们旁边。仔细看看你的周围，看看那里有没有东西。"

与此同时，布罗姆先生、约翰尼斯和妮拉·黛拉正一同躲在一株低垂的攀缘植物里，正好位于茶几和书架的正中间。他们找了所有的地方，都不见挥棒拉拉的踪影，几乎快要绝望了。最后，他们三个一同坐在了茶几最下面一层的一个空糖罐里。可是当婆婆们开始翻寻整个屋子时，他们不敢继续在罐子里逗留了。他们看见高高的书架上有一株攀缘植物，它的茎垂了下来，于是，他们便攀到了这株植物上。

"加油，继续爬。"约翰尼斯小声地说。他爬得最高，并且还在一步一步地继续往上挪动。他的腿紧紧地缠绕着植物的茎，身体被叶子遮盖着。

妮拉·黛拉和布罗姆先生跟在他的身后。他们必须十分小心，不能让茎晃来晃去。最最可怕的是，婆婆们时不时地就会环顾一下整个房间。

然而他们不能吊在半空中不动，他们也不敢再回到糖罐里去了。他们别无选择，只能往高处爬。他们爬得很慢，不仅要小心谨慎，而且必须悄无声息。幸亏这株植物被摆放在房间里一个不显眼的角落。

他们似乎已经爬了很久很久，这根茎仿佛有几公里那么长，又仿佛他们永远也到不了书架的顶端。终于，约翰尼斯小声地说了一句："我到了！"

他的脚踩上了书架。他弯下腰，把下面的人拉上来。他们用力撑着胳膊，爬进了书架上的花盆里。这个花盆非常大，里面种满了各种各样的室内植物，有秋海棠、天竺葵、仙人掌，还有郁郁葱葱的蕨类植物。他们简直就像是来到了一片森林里。在一片绿意的遮掩下，他们感到十分安全。

他们精疲力尽，不停地喘着粗气。然后紧挨着彼此坐了下来。

"在糖罐里的时候，我真以为我们逃不掉了。"妮拉·黛拉说。

"我也是那么想的。"布罗姆先生说，"她们搜寻得那

么彻底。对了，你听见她们说的了吗？她们要给医生打电话。"

"是的。"约翰尼斯说，"可是这跟我们有什么关系？医生一会儿就到，可我们却没法跟着他离开，因为我们还没找到挥棒拉拉呢。"

"是啊。"妮拉·黛拉叹了一口气，"我担心的是他已经不在这个房间里了。我担心他已经离开了这栋房子。说不定他钻进了哪个老鼠洞，然后回到属于他的地方去了，回到了挥棒拉拉的国度。我想，他已经受够了这里的一切，我们再也见不到他了。"

"如果那样的话，我们这辈子就只能这样过活了，永远都是小个子。"布罗姆先生说，"我们再也不能回到自己的家里去了。咳，挥棒拉拉，挥棒拉拉，你到底去哪儿了？"

"这儿。"一个微弱的声音传来。

他们就像被针扎了似的，一下子蹦了起来，透过蕨类植物和枝叶不断地张望。

"我在这儿。"声音再一次响起。这一次，声音是从一朵紫色小花的花萼里传出来的。

他们一看，原来挥棒拉拉就在那里，他隐藏在一朵花里，小小的脸蛋上露出害羞的笑容。

"你们好。"他说，"我已经在这儿待了很久了。我不敢下去。"

"挥棒拉拉！"约翰尼斯喊了起来。他的声音太大了。

"嘘，小心点！"妮拉·黛拉压低声音说，"她们会听见的。她们就在下面的屋子里。"

他们一起透过植物俯视了一下房间。两位婆婆依旧和克拉西一起坐在桌子旁。她们什么都不做，只是警惕着周围的情况。显然，她们并没有听见这些声音。

于是，布罗姆先生开始疾言厉色地数落挥棒拉拉。"听好了，年轻人，"他说，"你把我们带入了极大的困境中，你自己知道吗？我们本来早就可以离开这儿了。医生来接我们，我们全都爬进了他的公文包里，之后才发现，你没在那儿。你到底上哪儿去了？"

"你们躲在胡桃木的柜子下面时，我还跟你们在一起。"挥棒拉拉说。

"好吧，可是当我们全都冲过房间，爬进公文包的时候，你为什么不跟我们一起走？快说！"

"我看见了一样东西。"挥棒拉拉说。

"你看见了一样东西？你看见了什么？是你害怕的东

西吗？所以你不敢跑了？"

"我突然看见了房间里的一样东西，我很想得到它。"挥棒拉拉吞吞吐吐地说，"我必须得到那样东西。于是我就待在柜子底下，等到她们去睡觉了，这才……我这才爬了上来。"

"听我说，"布罗姆先生说，"过一会儿，医生会再来。不用说，他一定会打开他的公文包。我们必须趁那个时候爬进去。到那时候你不会再丢下我们了吧？你会跟我们一起走的，是不是？"

"是的。"挥棒拉拉说，"我会跟你们一起走。"

"你保证？"

"我保证。"

"哦，"约翰尼斯和妮拉·黛拉说，"要是医生能快点来就好了。"

第十六章

浆果

"您请坐，医生。"露易丝婆婆说，"克拉西，快去倒一杯咖啡。您能来我们感到非常高兴。这一晚，我们过得糟糕透了！"

"真是糟糕透顶的一晚。"阿黛尔婆婆说，"我们的眼睛都没合上过。克拉西，去给医生准备一片面包和一块点心。您一定还没吃早饭吧，医生？现在才刚到四点钟。"

"是的。"芬克医生说，"这时候来做客确实不太寻常。这会儿是半夜四点。不过我还是来了。您能告诉我究竟发生了什么事吗？"

他坐到一张绿色的毛绒椅子上，伸了伸双腿，把公文包放在身旁的地上，侧面的口袋正敞开着。与此同时，他不断地四处张望，心里想：他们在哪儿呢？他们是不是又躲到那个小古董柜下面去了？或者是躲去别的地方了？我一会儿会再提起那顶枝形吊灯或者其它什么高处的东西。等所有人都抬头向上看的时候，他们就能把握这个绝妙的机会跳到公文包里来了。

"谢谢您。"当咖啡和面包被端到他面前时，他说，"您说说吧，到底发生什么事了？"

"哦，医生，"露易丝婆婆用颤抖的嗓音说道，"您或许会觉得我们的脑子不太正常，可是……我们的房子里有幽灵！"

"您看见它们了？"医生严肃地问道。

"是的，呃，不是。"阿黛尔婆婆说，"我们这就一五一十地告诉您。半夜里，大概四点钟左右，我们两个正巧醒来了，因为我们的睡眠不是太好。我们半夜听见有人在客厅活动的声音。"

"会不会是老鼠？"医生问。

"如果是就好了，医生，要是老鼠，我们就不担心了。事实并不是，我们听见打字机的声音了。"

"打字机？客厅里的打字机？"

"是的，还有钢琴。我们清楚地听见有人在弹钢琴！而且还有调子呢——《穿上蓝格子的工作服》！刚开始，我们被吓得躺在床上动弹不得，您能明白我们说的意思吗？"

"当然了。"医生说。

"之后我们就想：我们必须弄清楚究竟是怎么一回事。然后走进这间屋子，克拉西也从床上爬起来了，她也听见了，是不是，克拉西？"

"是的，夫人。"克拉西说。

"嗯，然后我们就把灯点亮，看了看！"

"您真的很勇敢！"医生说，"说不定是窃贼呢。"

"是啊，"阿黛尔婆婆说，"我们也觉得有这个可能性。可事实就是屋里并没有窃贼。确切地说，如果有也不是一般的窃贼。"

"是啊，不是一般的贼。"露易丝婆婆神秘兮兮地说，"因为我看见打字机上有一个小人儿。只有这么点大。"

"小人儿？这么说是小精灵喽？"医生问。

"是的，灯一亮，他就逃走了。我只看见了一秒钟，就那么一闪而过，可是我看得十分清楚。"

"之后呢？"医生问。

"之后？之后就没有啦。这还不够吗？打字机上有一张纸，上面印了一行字。您自己看看吧，就是这个：挥棒拉拉你在哪儿。您瞧见了吧？这就是那个小人儿打上去的。"

"后来呢？"医生镇定地问。

"后来我们仔仔细细搜寻了一遍，把整个屋子翻了个遍，到处都瞧了，可是什么也没有找到。一丁点东西也没有找到啊。我们不敢回去睡觉，于是这一晚我们就坐在椅子上，看看幽灵还会不会出来作怪。"

"它们又出来作怪了吗？"芬克医生问。

"没有。"阿黛尔婆婆说，"没有，之后什么事都没再发生过。"

"您回忆一下，"医生说，"您昨天晚饭吃了什么？"

"吃，您说吃的，医生？我们吃了什么，露易丝？"

"洋葱炒猪肝。"露易丝婆婆说。

"哦，是的，洋葱炒猪肝。"

"哈哈。"医生说。

"怎么了？这跟今晚的事有关联吗？"

"全都说得通了。"医生说，"是这么一回事……谢谢您的面包，它好吃极了……是这么一回事，洋葱炒猪肝有时候会引发……呃……咯咯腺炎。"

"咯咯腺炎？"露易丝婆婆大吃一惊，"那是什么病，医生？很严重吗？要是得了这个病还有救吗？"

"有救。"芬克医生说，"这不是什么严重的病，可是咯咯腺炎会导致病人在半夜的时候看见和听见各种各样的东西，您知道的，是各种各样不存在的东西。这就是咯咯腺炎。嗯，是的。"

"哦，医生，"阿黛尔婆婆说，"您真的觉得我们患了这个病吗？可是打字机还有钢琴的声音，我们明明都是亲耳听见的啊！"

"当然了，"芬克医生说，"可是你们三位不是全都吃了洋葱炒猪肝吗？"

"是的，这倒是没错，"露易丝婆婆说，"但是那个小人儿呢，那可是我亲眼所见啊。"

"没错。"医生说，"这就是咯咯腺炎的典型症状。所有患上咯咯腺炎的人都会看见小人儿。这个现象很常见，比您想象中的常见得多。哦，我遇到过一大帮病人，他们都在半夜时分看见过小人儿，又或是别的奇怪的东西，而这些病症无一例外都是由于吃了洋葱炒猪肝而引起的。我建议，您以后别再吃这道菜了，尤其别在晚上吃。我会给你们三个每人一剂药粉。吃了之后，您就会平静下来，随后安然入睡。您要相信，咯咯腺炎会好起来的，您再也不会在房子里看见或听见任何奇怪的东西了。"

医生用轻松的方式让三位女士完全平静了下来。她们几乎完全相信，这一夜发生的一切事实上都没有发生过。

与此同时，布罗姆先生、约翰尼斯、妮拉·黛拉和挥棒拉拉正坐在书架的上面，藏身于花盆里的绿叶和鲜花之间。

"看哪，"布罗姆先生小声地说，"医生的公文包开着。我们很容易就能钻进去。可是我们怎么才能从这个架子上爬下去而又不被人察觉呢？我们怎么才能溜到公文包旁边呢？"

"我们就不能给医生打一个暗号吗？"妮拉·黛拉说。"我们沿着攀缘植物往下滑吧，"约翰尼斯说，"那样的话，至少我们能先回到地面上。"

"好的，我们就这么做吧。"布罗姆先生小声说。正当这个时候，挥棒拉拉摊开手心，把手伸到他们面前，说：

"先吃个浆果吧！它们很美味，而且还能赐给你们力量！"

他们三个踌躇地看了看挥棒拉拉手里的红色浆果。

"这是什么浆果？"布罗姆先生一边问，一边拿起一颗浆果。因为它们看上去诱人极了，再说他们已经很久没吃过东西了。他们三个分别往嘴里塞了一颗浆果。他们嚼了起来。浆果甜滋滋、香喷喷的，可就在这时，发生了一件怪事。他们觉得头晕目眩、头昏眼花……他们紧紧地抓住身边的蕨类植物和花朵的茎，感觉似乎整间屋子都在不停地旋转，他们发现屋里的一切都在变小，并且变得越来越小，而他们自己则不断地长高，还越长越高，哦，老天爷呀，他们变得好大呀。而这一切都是在寂静中发生的，周围甚至寂静得可怕，只有植物的茎和花瓣发出轻微的断裂声。

这一切无声无息地发生了，屋里的其他人丝毫没有察觉到。

"请您把这剂药粉吃了。"芬克医生用热情的语调说，"等您吃完这剂药粉，就再也不会在这个房间里看到任何奇怪的东西了，我向您保证。再也不会了。"

两位婆婆分别用咖啡服送了一剂药粉，然后说道："谢谢您，医生。我们一会儿会到厨房去，给克拉西也服用一剂的。"

这时，芬克医生心里想：现在我应该把话题引到枝形吊灯上，或者是其他高处的东西上。等我们全都抬头向上看的时候，那几个小家伙就可以趁机钻到我的公文包里了。"您的书架可真漂亮啊。"他一边说，目光一边向上移动。他盯着看啊看。

露易丝婆婆和阿黛尔婆婆随着他的目光望去。她们抬起头，看着书架的顶部。

正是在书架上，坐着一位长胡子的先生。他的身旁还坐着两个孩子——一个男孩和一个女孩。他们坐在花盆里，被破败的盆栽和鲜花围绕着。

两位婆婆的眼睛瞪得滚圆。她们的嘴张得大大的，弱弱地尖叫了一声，随后便同时昏死过去。医生站起身，从她们身上跨过，来到书架跟前。他伸出手，说道："您放心跳下来吧，布罗姆先生。你们

也是。"

他们一个接一个地扶着他的手，蹦到地面上。刚刚发生的一切混乱而又怪异，这让他们一时语塞。

"小个子挥棒拉拉也在上面吗？"芬克医生问道。"是的。"挥棒拉拉喊道。他从布罗姆先生的口袋里露出小脑袋。

"好的。"医生说，"您赶紧到外面去，到房子的外面，不管怎样，反正就是离开这里！我会留下来处理好这两位婆婆的事的。快点！"

他把他们轰出房间。他们穿过走廊，很快来到外面，来到运河旁。

克拉西在地下室里看见他们的身影，露出一脸的诧异。

第十七章
纪念仪式

"我们到那座小桥的护栏上坐一会儿吧。"布罗姆先生说,"我得好好看一看周围的世界。"

他们肩并肩,来到小桥上坐下,看着身旁的景色。"哦,"布罗姆先生叹了一口气,"我好幸福啊。我们变回原来的个头了。我们变回人类了,再也不是小精灵了。"

"我们现在可以大摇大摆地回家了。"妮拉·黛拉喊道。

"还能去上学!"约翰尼斯喊道,"我真想回学校去。"

"还能去游泳,还有像正常孩子一样在马路上玩耍,我们再也不用害怕人类了,而且再也不用爬来爬去了!"

"挥棒拉拉!"妮拉·黛拉一边呼唤,一边把这个小家伙从父亲的外套口袋里掏了出来。她用双手捧着他,把他举到鼻子跟前,说道:"挥棒拉拉,这是怎么一回事?"

"是啊,我也很想知道。"布罗姆先生说,"这到底是怎么一回事，挥棒拉拉？"

"嗯，"挥棒拉拉说，"你们不是知道的嘛，我一直躲在胡桃木的柜子底下。等医生把打开的公文包放到地上时，你们就爬进去了……你们还记得吗？"

"当然记得了。我们怎么也想不明白你为什么没有跟我们一起进去。后来，你告诉我们说你看到了一样东西。可那到底是什么东西呢？"

"我刚要跟着你们一起走，"挥棒拉拉说道，"刚从柜子底下钻出来，我就抬头看了一眼，正巧看到书架的顶上有一个大花盆。其中一种植物我认识，而且我立刻就

记起来了，那就是我们一直苦苦寻找的东西，就是我需要的东西。那棵植物上长着浆果，如果我想把你们叮当回大个子人类的话，我就必须摘到那些浆果。"

"可是你为什么没有告诉我们呢，挥棒拉拉？"

"我根本来不及跟你们说话。一切都发生得太快了。一眨眼的工夫，你们就全都钻进公文包里了。而我却面临一个两难的选择：要不就是跟你们一起走，然后离开这栋房子，或许再也进不去了；要不就是留下来，摘到那些浆果。喏，我只考虑了一秒钟，然后选择了后者。我留了下来。"

"你太明智了。"布罗姆先生说。他的声音里充满了崇敬。

"哦，挥棒拉拉，"约翰尼斯说，"我们觉得你太能干了，我们觉得你是一个叮当能手！"

"把我装回口袋里吧。"挥棒拉拉说，"否则我会被人看见，然后我们就又要有各种各样的麻烦了。"

"来吧，我们回家。"布罗姆先生一边说，一边迈着大步向前走。孩子们跟在他的身后。他们走过城市里熟悉的街道。他们感到无比幸福，甚至时不时就会手舞足蹈、蹦蹦跳跳、甩几个舞步，甚至跳跃起来。重新走在街道上的感觉好极了。能够变回大个子人类可真好。

"咦,"布罗姆先生说,"快看哪,我们家门口的广场上怎么聚集了那么多人?"

"他们究竟在干什么呢?总不会是跟我们有关吧?"妮拉·黛拉神色紧张地问道,"他们该不会要冲进我们家去吧?"

"我们还是转身走吧。"约翰尼斯怂怂地说,"我已经有点害怕人类了。"

"咳,"布罗姆说,"现在不是没必要害怕了吗?他们已经没法

185

把我们抓起来，装进口袋里去了。不对，等一下，他们不是冲我们来的。他们全都围绕在雕像周围。"

广场的中央依旧伫立着诗人亚瑟·贾期的雕像。这么长时间过去了，他依旧是一座雕像；这么长时间过去了，诗人依旧是一个石头人。他一只手伸向远方，另一只手托着空空如也的石头盘子。

广场上人山人海，他们站在拥挤的人潮中，被人们推来搡去。

"发生什么事了？"布罗姆先生小声地询问站在他身旁的人。

"诗人亚瑟·贾期就出生在五十年前的今天。"对方

回答说，"就是大诗人贾期。所以说，今天要举行一个纪念仪式。"

"哦，这样啊，"布罗姆先生说，"是纪念仪式。真不错。那边那位准备上台讲话的先生是什么人？"

"是部长。"对方小声地对他说，"嘘……开始了。"

妮拉·黛拉和约翰尼斯站在一个小台阶上，以便更清楚看见和听见一切。他们看见了站在雕像跟前的部长，也看见了广场上熙熙攘攘的大人和小孩们，他们还看见了诗人的妹妹——艾米莉亚·贾期。她就站在部长的旁边，不时用手帕擦着眼睛。对她而言，这无疑是一个悲伤的日子。自从变成石头人的那天起，她的哥哥名

声大噪。她也只能这样想想，聊以自慰。

"女士们、先生们，"部长说话了。他穿着一身黑色西装，看上去帅气而又高贵，"五十年前，一个婴儿在这座城市降生，后来，他的作品为全世界所知晓！著名的诗人亚瑟·贾期正是在这座城市出生，也在这座城市长大并工作。在座的每一位的认识他，在座的每一位都读过他写的作品！"

部长刚说到这儿，布罗姆先生就感觉自己的口袋里发出一阵强烈的躁动。他侧了侧身子，柔和地对挥棒拉拉说："怎么了，你要干什么？"

"我可以做到了！"挥棒拉拉小声地回答。

"不行，"布罗姆先生说，"求求你了，挥棒拉拉，现在不是一个恰当的时机，等到……"可是无论布罗姆先生怎么说，都已经没有用了。挥棒拉拉的手舞得飞快。

部长的讲话还在继续。"亚瑟·贾期已经不在了，"他说，"可是他依旧活在我们的心中。"

就在这时，人群开始混乱起来，因为雕像动了。雕像缓缓地举起双手，伸了个懒腰。随后，雕像还眨了眨眼睛，打了个呵欠。

"他还活着！"人们喊了起来，"他还活着！"

"不错，"部长说，人群中发出的骚动和喧闹给他带来了一丝困惑，"我刚刚说过：他会永远活在我们的心中，永远活在我们的脑海里。"

雕像打完呵欠，惊诧万分地环顾着周围，又大惑不解地看了看自己右手握着的盘子，然后小心翼翼地把它放到地上。

艾米莉亚·贾期扭过头，看到自己的哥哥，放声大喊："亚瑟！"这下，部长也转过身，看见了雕像——一座活生生的雕像。

"那是什么？"他恼羞成怒地喊道，"您在动！您还活着！"

"是的。"亚瑟·贾期傻里傻气地说，"不可以吗？"

"当然不可以了。"部长暴跳如雷地说，"您没有权力动，您是用石头做成的！您是一座雕像！要是您还活着的话，我们还怎么纪念您呢？"

"我不知道。"亚瑟·贾期说，"可是，您必须纪念我吗？"

广场上的所有人都欢呼起来。"万岁！万岁！我们的诗人亚瑟·贾期万万岁！"他们喊道，"我们著名的诗人万岁！纪念一位活生生的诗人，这是千真万确的事！万岁！"

"这里究竟在纪念什么？"亚瑟·贾期问站在自己身

旁的一位女士。

"您就是在五十年前的今天出生的。"女士说。

"五十年前的今天?哦,这么说来,今天是我的生日喽。"亚瑟·贾期喊了起来,"我五十岁了!今天是我的生日!"

"祝贺您!"人群嚷嚷说,"衷心地祝愿您生日快乐!"他们带来了鲜花,原本打算放到雕像脚下,现在便全都亲手献给了诗人。他站在人群中央,怀里抱满了白色和粉红色的康乃馨、郁金香以及丁香花。他站在原地,目瞪口呆,丝毫不明白在他身上究竟发生了什么事。他露出无助的表情,对着人群说道:"我饿了。"

"亚瑟，我亲爱的哥哥。"艾米莉亚一边喊，一边扑到了他的怀里，"你已经当了两个月的石头人了。现在的你又变得有血有肉、生龙活虎的。我们不再贫穷了，亚瑟。你已经成了举世闻名的诗人，所有的书店都在出售你的作品。我们有钱买炖肉了。好好看看你的周围吧，看看人们是怎么向你挥手微笑的，听听他们的欢呼声吧！"

　　"我衷心地祝愿您生日快乐！"部长生硬地说。他同亚瑟握了握手，可是他的态度却十分冷淡，因为他觉得眼前发生的一切难登大雅之堂。他实在是不习惯为变回大活人的雕像致辞。

　　广场上的人群把亚瑟·贾期抬起来，扛着他四处巡

游。艾米莉亚走在他的身旁，用一块干净的手帕擦拭着喜悦的泪水。"他活过来了！"她冲着布罗姆先生喊道。而布罗姆先生则握了握她的手，说道："我早就说过了，艾米莉亚，一切都会好起来的！"

"是的，一点儿没错。"她说，"您说得对。您愿意跟我们一起走吗？您看，那边来了一支乐队，他们会扛着亚瑟走过整座城市！"

"不了。"布罗姆先生说，"我想，我们还是等您空一点再去看望您比较好。来吧，"他对他的孩子们说，"我们回自己的家里去。我们去看看那里已经变成什么样子了。"

他们从水泄不通的人群中挤了出去，回到自己的家门口。

"说不定房子里已经被洗劫一空了。"妮拉·黛拉说，"丁曼斯先生带来了那么多朋友，闯进了我们的房子里。"

不过，事实上，房子里的状况差强人意。所有的东西都还在，而且大多数东西依旧摆放在原来的位置上。

"家——我们终于回家了。"约翰尼斯说，"太好了！实在太好了！哦，猫咪在那儿！"猫咪苍蝇哼哼着迎接他们。它一边蜷起身子躺在他们的腿上，一边喵喵直叫。"最最亲爱的猫咪苍蝇！回家的感觉简直太棒了！"

第十八章

回家

妮拉·黛拉和约翰尼斯把客厅、走廊，乃至整幢房子全都走了个遍，一一辨认家里的物品。

"你看，那是我的小船。"约翰尼斯说，"我今天晚上要让它到浴缸里去航行。那是我的小火车。

你还记得我们是怎么坐上小火车四处游荡的吗？那时候我们还是小个子的人呢。"

"记得，我还记得我们是怎么在浴缸里游泳的呢。"妮拉·黛拉笑着说，"我还记得我们是怎么用娃娃灶台做饭吃的。咳，那时候真有意思啊！"

"你在说什么？"布罗姆先生喊道。他刚巧听见了他们的最后一句对话。"有意思？变得那么小很有意思？

真是两个不知感恩的乌合之众！你们难道忘记了我们遇到了多少困难，是如何担惊受怕的了？"

"是啊，我当然记得。"妮拉·黛拉说，"我也不愿意再回到过去，只不过，我觉得有一些事情还是很有意思的。"

"说到底，你觉得做小个子的感觉怎么样？"他们问挥棒拉拉。

"我的个子一向来都很小。"挥棒拉拉说。他正忙着驾驶着玩具汽车四处游玩。他看上去兴奋不已，因为他觉得约翰尼斯的玩具简直无与伦比。

猫咪苍蝇跟在他们身后，在房子里走来走去。这时，它朝着挥棒拉拉走去。小家伙从汽车里爬了出来，攀上了猫咪柔软的脊背。他就这样坐在猫咪身上，任由它背着自己在房间里行走。

妮拉·黛拉充满怜爱地看着他，说道："你能来到我们身边，我真的很高兴，挥棒拉拉。一直以来，你帮了我们很多很多。你应该跟我一起去一趟学校。我会把你好好地藏在书包里，不会让任何人发现你。那样，你就可以见到我的校园了。"

"哦，瞧瞧，"约翰尼斯说，"钟坏了，就是走廊里那口古老、漂亮的挂钟。上面的小天使掉下来了。哎呀呀，小天使掉下来了。哦，它在这儿。"

妮拉·黛拉走过来看了一眼，把地上的小天使捡了起来。它从钟上掉了下来，也许是因为那些非法闯进来的人非常用力地打了它一下。

妮拉·黛拉把小天使捧在手心里。小天使赤裸着身体，全身粉嫩粉嫩的，背后还有一对金色的翅膀。"我们赶紧找胶水把它粘起来吧。"她说，"我先去冲一杯咖啡，然后去甜品店买几个奶油泡芙回来，这样我们就可以惬意地享受我们的咖啡时光了。"

正当她在冲咖啡的时候，布罗姆先生说："有几件事情是我不得不做的。首先，我要给芬克医生打电话，好好感谢他。其次，我无论如何都得回到餐厅去把那四十五块钱付了。"

"你真的要去付那笔钱吗，爸爸?"妮拉·黛拉惊讶地问道。

"是啊，你以为呢? 我最讨厌欠债了。之后，我还想到那家食品杂货店去一趟，我们在那里吃了面包和各种各样的美食。我得把这笔账也还清。"

"我们还得给小洛洛打电话!"约翰尼斯喊了起来。

"我这就去给他们打电话。"布罗姆先生说。他拿起电话机上的听筒，拨出了芬克医生的号码。正当他在说话的时候，他突然听见头顶上空传来一阵挥舞和拍打翅膀的声音。可是他正忙着说话，根本无暇顾及这些声音。

"房间里似乎有小鸟飞进来了，我听见了拍翅膀的声音。"约翰尼斯说。他环顾了一下周围，喊了起来："妮拉·黛拉！快看！"妮拉·黛拉看了一眼，随后呆呆地怔住了。

一个小巧、粉嫩的小天使正挥舞着翅膀在房间里飞来飞去。它在空中飞舞的模样很是优美。它还做出了各种各样出人意料的动作。从布罗姆先生的头顶飞过时，它用力地拽了拽他的头发。

"那是个什么东西？"布罗姆先生刚一挂断电话便嚷嚷起来，"那是个什么东西？"他抬起头，惊讶得张大了嘴。

"又来了！"他喊道，"我们永远也别想正正常常、普普通通地待在家里，因为我们的挥棒拉拉总会闹出些花样来！老天爷呀！连钟上的小天使都下来了。挥棒拉拉，这么一个活生生的小天使，我们该拿它怎么办？"

挥棒拉拉微微一笑，抬头看了看，露出骄傲的表情。

"我做到了，是不是？"他问，"经过这些时间，我已经练得越来越棒了，是吗？我现在的叮当水平比刚来

的时候高多了，不是吗?"说着，他上蹿下跳地蹦了起来。

"你练得棒过头了!"布罗姆先生咆哮起来，"看看，看那家伙都干了些什么!"

看来，这个小天使还很调皮呢。它飞到敞开的食物柜跟前，把四个杯子接二连三地摔了个稀巴烂，然后又把黄油从高处丢了下来。随后，它掠过书架，从一排书中抽出一本。书"啪嗒"一下落到装满水的热水壶上。水一下子溢了出来，溅满了整张茶几。约翰尼斯和妮拉·黛拉尖叫着、欢笑着，在房间里蹦来蹦去，想要抓住这个淘气的小天使。可是他们怎么也抓不住它，它飞得太快太快了。门开了，丁曼斯太太站在门槛上。她目瞪口呆地看着眼前的景象。"您回来了？"她问，"您回到家里来了？这实在是太好了！"她伸出一只手，不料小天使却猛地飞到她的面前，落到了她摊开的手心上。

丁曼斯太太深深地吸了一口气，大声地尖叫起来，垂下了手。小天使拍打着翅膀，戏谑

地飞过她的头顶。

"我看出来了！这个地方太诡异了！"丁曼斯太太又生气又紧张，不由地大喊大叫，"等一切都恢复正常之后，我倒是可以回来。可是只要这里还在闹鬼，我就绝不会来！"说着，她冲着跑了出去。

"瞧见了吧？"布罗姆先生沮丧地说，"我们的用人也走了，从今开始，我们只能自己打扫卫生了，这全都是被淘气的挥棒拉拉的叮当术闹的。抓住那个小天使，孩子们！"

抓捕天使的行动再次开始。那个小东西十分喜爱捉弄人。它一边逃窜，一边把布罗姆先生的一摞纸翻得乱七八糟，还顺手从架子上丢了一个花盆下来。接着，它在桌子上坐了一小会儿，把两只小脚伸进了蛋糕上的奶油里。猫咪苍蝇慌张起来。

"上。"约翰尼斯一边小声地说，一边偷偷地靠近。他的手里拿着一块手帕，用来罩住小天使。

可是他刚一靠近，小天使便又飞了起来，它翻了一个漂亮的空翻，从屋子后面敞开的窗口滑翔出去，到了屋外。

"哦，抓住它！"妮拉·黛拉大声地喊，"快抓住它啊！它要飞走了！"

他们跑到屋子外面，冲进花园里，想要把小天使抓回来。他们看见它落到一棵树上，停在最下面的一根树枝上，于是，他们赶忙朝着大树跑去。可正当他们张开双臂想要去抓它的时候，它又飞了起来。它展开金色的翅膀，几近垂直地升到半空中。

妮拉·黛拉、约翰尼斯和布罗姆先生全都站在花园里，目不转睛地盯着小天使。它金色的翅膀在阳光下闪闪发光，它越飞越高，变成了一个小圆点。先是变成了一个金色的小圆点，后来又变成了一个深色的圆点，再然后便不见了。他们什么也看不到了。小天使飞走了。

"这个可怜的小天使啊。"妮拉·黛拉说，"它会去哪儿呢？"

"也许它会飞到一个充满爱的小天堂里。"约翰尼斯信心满满地说，"那会是一个有着金色大门的木头天堂。"

这么一想，他们觉得安慰多了。

"你们在看什么？是在看战斗机吗？"

他们转过身，看见芬克医生也来到了花园里。他是从篱笆墙上的后门走进来的，他的身旁站着小洛洛。

"小洛洛！"妮拉·黛拉喊了起来。这真是一次令人心情激动的会面。孩子们互相拥抱，争先恐后地说起话来。"你的气色看上去真不错，小洛洛！你变健康了，也变胖了！"

"你们变大了！"小洛洛喊道。这是真的，因为他们最后一次见面的时候，妮拉·黛拉还只有小洛洛的食指那么大。

与此同时，布罗姆先生和芬克医生也攀谈起来。

"露易丝婆婆和阿黛尔婆婆后来怎么样了，医生？"布罗姆先生问道。他的神情带着几分羞愧，因为对他来说，这是痛苦的记忆。

"哦。"芬克医生说，他的神情也带着几分羞愧，因为他觉得自己欺骗了两位婆婆，对这件事情负有一定的责任。

"您知道吗，她们先是昏死过去了，等她们醒来的时候，我就告诉她们，这全是由洋葱炒猪肝引起的。而且我答应了会回去看看她们。"

"可怜的露易丝婆婆和阿黛尔婆婆。"妮拉·黛拉说，"她们再也不敢吃洋葱炒猪肝了。你们一起进屋去吧，到客厅里坐着。我刚刚冲了咖啡，而且我们还有蛋糕。"

"咦，挥棒拉拉在哪儿？"小洛洛问。

"在屋里。"约翰尼斯说，"他正在开我的小汽车。我们刚刚才又经历了一些奇怪的事情，嗯，他又叮当了一个东西。挥棒拉拉，你在哪儿？"

他们走进屋里，喊道："挥棒拉拉！"

"他没在客厅里。"妮拉·黛拉说，"挥棒拉拉！"

"我到楼上去看看。"约翰尼斯说。他们怀着紧张和忐忑的心情，寻遍了整栋房子。无论哪里都看不见挥棒拉拉的踪影。小洛洛和芬克医生也帮着一起寻找。平日里对淘气的挥棒拉拉抱怨最多的布罗姆先生找遍了每一个角落和洞穴，想要寻回挥棒拉拉。

"他一定是藏起来了，想跟我们闹着玩。"妮拉·黛拉说，"他偶尔会这么做。你知道的，他的个子那么小，随随便便就能躲进一个罐子或是锅里。"

"他会不会躲在哪个装燕麦片的盒子里？"

"别找了。"布罗姆先生说，"不用再找了。看看我发现了什么。"

他把一张纸从打字机里抽了出来，递给大家看。

那张纸上打了一些字。上面写着：

我已经会 $%xxx 叮当了

我回去了 (！ 再见

"这是挥棒拉拉写的吗？这是挥棒拉拉留给我们的字条？噢！"妮拉·黛拉喊道，"他回去找其他的挥棒拉拉了！噢，太糟糕了！他走了。"

"他是从柜子里面的老鼠洞走的。"约翰尼斯恍然大悟，"说不定我们还能把他喊回来呢！"他们打开柜子，最下层的架子上有一个老鼠洞。最早的时候，挥棒拉拉就是从这个洞里钻出来的。他们甚至把手伸了进去，喊道："挥棒拉拉，挥棒拉拉！"

可是没有任何回应，挥棒拉拉已经走远了。

妮拉·黛拉坐在椅子上，用手捂着脸，哭泣起来。约翰尼斯没有哭，可是他紧咬着嘴唇，一脸的不悦。

"听我说，"布罗姆先生说。他一只胳膊揽着妮拉·黛拉，另一只胳膊揽着约翰尼斯，"听你们笨笨的老父亲说，挥棒拉拉走了，他回到属于他的地方去了，那里有他的朋友们，我很为他感到高兴。"

"高兴？"妮拉·黛拉哽咽着。

"是啊。他在那里一定比在这里过得幸福。他的叮当术已经练得炉火纯青了，所以他们再也不会把他赶走了。你们想想看，如果他留在这里，会怎么样呢？我们时时刻刻都得把他藏起来，免得他被人发现。如果我们想带他出门的话，就必须把他装在背包里。对他来说，这很可怕。而且我们也已经亲身经历过，知道为了不让好奇的人发现而躲来躲去到底有多可怕。假如要生活在时刻担心会被抓走的恐惧中……那简直太糟糕了！"

"可是……可是我们会非常想念他的。"妮拉·黛拉说，"我非常非常爱他，你呢，约翰尼斯？"

"我也非常非常爱他。"约翰尼斯点点头。

"也许他还会回来的。"小洛洛说。她一直看着他们，倾听着他们的对话，"也许他还会回来跟你们打个招呼。再说，你们的爸爸说得对：他在自己的国土一定过得比在这里开心得多。那里会有很多很多的小挥棒拉拉陪伴着他。"

"我们一起喝咖啡吧。"布

罗姆先生说，"不管怎么样，小洛洛来看我们，我们还是很开心的。还有芬克医生。"

妮拉·黛拉和约翰尼斯感觉宽慰了不少。第二天，他们来到学校，一切都恢复了正常。一切都那么平常，那么正常，以至于妮拉·黛拉时不时地思考：这一切真的发生过吗？我们的家里真的来过一个挥棒拉拉吗？

然而，一个星期之后的某个清晨，她在一根葡萄藤上发现了一只蜘蛛。那是一只石化了的蜘蛛。

"咳，我们忘记把它叮当回来了。"妮拉·黛拉说，"现在我们也没有办法了。"她放开嗓门哭了一会儿。然后，她拿起蜘蛛，带着它回到房间，把它装进一个小盒子里。